FLORET
READING

小花阅读

我们只写有爱的故事

青春阅读　幸得相见

小花阅读【摘星】系列03

以星辰之名

木当当 著

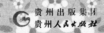

贵州出版集团
贵州人民出版社

木当当

MUDANGDANG

小 花 阅 读 签 约 作 者

生在冬天，长在四季。
希望出场的时候能伴着"当当当当"这样的
BGM，所以有了这个名字。
很奇怪的人。
喜欢冬天的树、夏天的雨、自行车上看到的风景。
对了，还有你。

代表作：《以星辰之名》

YIXINGCHENZHIMING

我的心里住了一碗汤、一盘炒饭
和一个赖床的午后

当当当当！
嗨呀，我又来了，好久不见啊。

醒过来的时候是一个雨后的下午，窗外氤氲着还没有来得及散去的水汽，起床后给自己做了一盘炒饭，没有汤。
吃饱了才有力气写字。

这一次想给你们讲的是一个飘浮在宇宙亿万星辰之间的一个小故事。
小时候喜欢看星星，觉得每一颗星星都应该有属于它的一个故事，浪漫的、悲伤的、广为流传的，或者不为人知的各种各样的故事。

后来有人告诉我，人之所以喜欢看星星，是因为组成我们身体的重要元素，碳、氮、氧、磷……构成大地的元素，硅、铁、铝、钙……都是星星燃烧的灰烬……

我们本身就是星辰。

可真浪漫啊！

所以，光芒交会的两颗星星，会不会刚好是他们？

不死之身的男主，和死而复生的女主，被命运交织在一起的两个人，就像是夜空里紧紧靠在一起的星星。

公转自转，相遇分离。直到宇宙爆炸、分崩离析，它们最终变成宇宙间飘浮的微粒，还是会在一起的。

而亿万星辰之间，希望你依旧可以一眼看见它，孤独地、努力地闪耀在不为人知的角落。

大概就是这样一个故事吧。至于其他，故事里慢慢说给你听啊。

现在我有一首歌想送给你。歌里是这样唱的——

宇宙的外面是什么呢？

这是我另一个好奇的朋友，为了接近你而想出来的小小的噱头。

嘘。

你明明知道，宇宙的外面什么都没有。

除了你，什么都没有。

木当当

此后岁月绵绵无期，我护她无病无痛

但愿她无忧无虑

目录

第一章

维天有汉，监亦有光

1. "狐狸"与警察

星年 244 年，宇宙海盗啸聚山林，无恶不作。以"狐狸"为首的海盗组织如同病毒一般蔓延于星际各处，抢夺星球能量石，扰乱星际秩序，破坏宇宙平衡。

中星首脑会署下星际维和部受命捉拿海盗巨头"狐狸"，以护银河安宁。

M78 空间站。

星际维和部据点。圆形的如同水晶球一样的建筑，沿着曲面高低错落地分布着七个圆柱形的能量台，菱形的晶体石飘浮其上，恰好是北斗七星的等比例呈现。

总指挥官秦封年站在巨大的晶体屏幕前，一身深蓝色的军装，身材修长挺拔，一双眼睛如同草原上追捕猎物的豹子，紧紧锁定着飞速接近空间站的红点，那是这次的任务对象——"狐狸"。

他们在昨天收到情报，"狐狸"今天将聚在 B244 星球，所以他们决定趁机一网打尽。

谢沉渊来得比较晚，盯着屏幕上的红点看了好一会儿。

而自己的小搭档江两意正对着屏幕苦敲键盘，一边手忙脚乱一边得意扬扬："我觉得我今天好像又成长了一点儿，'狐狸'这么狡猾的玩意儿，我居然能跟踪到！还没跟丢。我可太厉害了点儿吧。"

谢沉渊走过去把他脑袋按到屏幕上："小王子，你眼睛睁开一点，你跟错人了，这不是'狐狸'。"

江两意这才注意到，只见谢沉渊修长灵活的手指在键盘上飞速地移动了一番，目标瞬间就变了。

从刚刚一个红点变成了一片。

谢沉渊的眼神也变了："'狐狸'这是干什么？一向神出鬼没，这会儿这么大阵仗往 B244 去聚众赌博吗？"

秦封年也觉得奇怪，可是线索上就是这样说的。谢沉渊直起身子，问秦封年："谁给的线索？"

"中星首脑会。"

中星首脑会，宇宙间拥有最高权力的组织。

谢沉渊又问："聚到 B244 之后呢？"

秦封年顿了顿,说:"我们的人已经埋伏在那里了,'狐狸'一落地便连同他们一起毁掉B244,事先已经做好了周围的防护工作,所以不会造成宇宙黑洞危及周边。"

"这就是所谓的一网打尽?拿一个星球的生命作为代价?"谢沉渊声音沉了下来,让人有点儿不寒而栗。

江两意从屏幕上爬起来揉了揉自己英俊的脸,虽然秦封年是总指挥,谢沉渊只是星际警署一个分队的队长,可有时候总觉得两人地位可能反了。

要么就是秦封年太宠谢沉渊了。

秦封年顿了顿,说:"就算我们不动手,你觉得'狐狸'聚了这么多人去那里,会放过那颗星球吗?"

谢沉渊没说话了。

其实江两意也很蒙,他来这里没多久,对于"狐狸"也只是略有耳闻,听说"狐狸"是一个很神秘的组织。聪明狡猾,神龙见首不见尾。一旦出现了必然造成一颗星球的毁灭,目的就是为了抢星球能量石。

而据江两意所知,一颗星球的能量石,就相当于一个人的心脏。所以拿走了能量石对那颗星球来说意味着什么可想而知。

可是"狐狸"拿那个做什么,还没谁知道。

江两意觉得他们好酷。

谢沉渊忽然想起什么来，问江两意："你刚刚跟的那个人呢？"

江两意回过神来："你不是才说我跟错人了吗？我吸取教训早放弃了。"

"别吸了，你没错，找出来告诉我位置在哪儿。"

"为什么啊？"江两意虽然嘴上不愿意，身体还是力行了，很快确定了位置，"在第九星 28 轨道，可这是谁啊？"

谢沉渊没回，整理了装备像是要出去的样子，倒是秦封年叫住了他："你去哪儿？ B244 现在很危险。"

"我觉得不应该这么简单，'狐狸'这种仿佛自杀一样的行为一定是有什么目的，江两意跟踪的那个红点不是'狐狸'的一员，却在这种时候游离在 B244 星附近，你不觉得有什么问题吗？"

秦封年默不作声。

江两意看着谢沉渊的背影，觉得他好酷。

2."狐狸"的陨落

谢沉渊到 B244 星附近的时候，一眼就看见那架飞行器，绕着

B244来来去去，像一只无头苍蝇。

它应该是想进去，可是B244整颗星星都被防护网围了起来，里面的人出不来，外面的人进不去。

谢沉渊继续朝着那架飞行器飞过去。

可是它却放弃了，相向而行，擦身而过的一瞬间，谢沉渊仿佛看见了里面人的脸，好像……在哪儿见过？

应该只是错觉吧，明明是男是女都看不清。

大脑却忽然有一瞬间的空白。

正在这时，飞行器上的报警器响了起来。

随后是江两意疯狂的尖叫："喂！谢沉渊！你死了吗？B244星球爆炸已经在倒计时了，你别进去啊！"

谢沉渊回过神来，看着近在眼前的防护网，普通人穿不透网，可是他能，而且现在好像已经刹不住了。

江两意似乎都快哭了："你快停下来！谢沉渊你会死的！你快停下来！"

来不及了。

巨大的火光照亮宇宙的一隅，与此同时，谢沉渊的飞行器像是一只扑火的飞蛾，瞬间化为了灰烬。

空间站的操作台里，江两意瘫坐在地上，捂着脸哭了满手的眼泪，而秦封年站在那里没有任何表情。

"秦长官……"江两意哽咽着，"我们谢队长，他……他……"

"他没事的。"

"怎么会没事呢？"江两意号叫着，"那么大的爆炸，他飞行器质量再好也挡不住啊！他……"

秦封年没有理他，他在意的不过是这场爆炸，这个巨大的火球，真的将"狐狸"烧死了吗？

江两意抹了把眼泪站起来，觉得秦封年可能是平时被谢沉渊使唤多了记仇，这会儿巴不得他死。

他不一样，虽然谢沉渊平时也老欺负他，可是……他还是想哭。

谢沉渊醒过来的时候，B244 的爆炸已经结束了，他不知道自己在哪儿，好像是 B244 星附近的一颗荒星上。

他揉了揉脑袋，头疼得不行，推开飞行器的门出来透透气。

其实他也不知道怎么回事，只记得跟那架飞行器擦肩而过的一瞬间像是被催眠了一样，脑袋里一片空白。

回过神来的时候已经晚了，那么现在自己又为什么在这里？

难不成是那个飞行器里的人，故意把他引到 B244 星？可是如果是想他死的话，为什么又把他从爆炸里拖出来扔到这里？

他还真不明白。

正在这时，秦封年的电话打了过来。

"没事？"

"还好。"谢沉渊说，"不记得发生了什么。"

秦封年也不多问，说："江两意以为你死了，你跟他说句话。"

然后电话里就传来一阵吸鼻子的声音，别是哭了吧。谢沉渊笑出声儿，喊："小王子？"

一瞬间的寂静，随后是江两意疯狂的呐喊声："啊啊，谢沉渊你是人是鬼啊？你不是死了吗？你别是谁冒充我们谢队长想骗我钱吧？"

谢沉渊本来头就不清楚，这会儿被吵得有点儿神志不清，说："怎么，想我压榨你了？"

江两意终于确定这种吊儿郎当的语气就是谢沉渊本人了，说："不了，我身份尊贵不适合。"又说，"你真没事啊？我看你都冲进去了……"

"你看错了。"谢沉渊瞳色沉了下来，伸手抚上自己心脏的位置，"你先去 B244 看看情况，我收拾好了再过来。"

江两意挂了电话，长舒一口气，原来秦封年不是在乎谢沉渊啊，他好奇地问道："秦长官，你怎么知道谢队长没事？"

秦封年语气淡淡："他死不了。"

3. 忍顾鹊桥归路

B244 星球残骸。

谢沉渊来的时候，是爆炸持续三天后的第四天。

B244 星已经是一片废墟。四处都弥漫着浓烈的血腥味，一路走来尸陈遍野，血流成河。

空气安静得似乎能听见血滴下来的声音，偶尔有点动静，也是食尸鸟扑腾着翅膀互相争夺食物的嘶鸣。

谢沉渊是在中间站找到江两意的。

江两意正蹲在显示器前面，往星球投放监控机器人，收集现场图，样子看起来有些疲惫。见谢沉渊来了也只是瞥了一眼，大概是那一天情绪波动太大了，他这会儿见到本人有点儿不好意思。

他虽然很想上去摸一摸是不是真人，可是现在很明显不是那个氛围。这里……全部都是死人。

死亡的气息要压垮他了。

"难受呢？"谢沉渊走过去，手按在他头上揉了一把，"你又不是第一次见了，还跟小男孩儿一样？"

江两意才不会承认，就像谢沉渊也装得跟没事儿人一样。他说了一声"放屁"，然后甩开脑袋，差点儿没扭到脖子，欲盖弥彰——"我反胃呢！"

也是，监控机器人传回来的影像里。

整个星球都被血色笼罩着，连着天空也泛着一种阴暗的红色，食尸鸟不知道是受了什么惊吓忽然扑棱着翅膀飞起来，可叼在嘴里的食物却掉了下来，宛如下着一场雨般，雨滴还是滴着鲜血的内脏和尸块。

江两意胃里一阵翻滚，捂着嘴跑开。吐完了回过头，他却看见谢沉渊站在了自己刚刚的位置，眉头皱得很深，居然还真看得下去？

"这是哪里？"谢沉渊问。

"哪儿啊？"江两意万般不情愿地走过去，目光落在屏幕上的时候，却惊讶得说不出话来。

是人！

由于信号原因并不能看得清样子，只见血红色的天光里，一个瘦弱的身影，摇摇晃晃地走在路上，偶尔蹲下来翻动着堆在一起的尸体，似乎在找什么东西。

真的是活着的人。

江两意迅速地跑过去查找定位，被谢沉渊命令多了，现在逮着机会开始命令谢沉渊："有可能是这个星球唯一存活下来的人了，我们必须保护她。"

说这话的时候，他手都是抖的。

或许只是一个微不足道的侥幸活下来的普通人，可是对于江两意来说，仿佛抓住了某一种希望一般。

这种感觉就像是小时候跟姐姐一起看侏罗纪，当陨星碰撞地球，所有的恐龙都未能幸免于难直至灭绝的时候，他哭着想，要是有一只哪怕只是最小的一只恐龙活下来该多好。

就像遗珍，遗留于世的珍宝。

屏幕上的影像渐渐清晰，旁边的数据准确地显示了具体位置，江两意回过头，谢沉渊已经不见了。

或许谢沉渊比他更懂这种感觉吧。

江两意像个小男孩儿一样揉了揉眼睛，然后跳起来跟了出去。

尸陈遍野之下，天色与血色混为一片。当刚刚视频里看见的影像真真切切地出现在自己面前的时候，是比想象中更加令人窒息的压抑。

谢沉渊撑着膝盖，只听见自己粗重的呼吸声之间伴随着另一道淡淡的声音。

是歌声。

低低浅浅，轻得像羽毛。一遍又一遍，她唱："柔情似水，佳期如梦，忍顾鹊桥，归路……"

柔情似水，佳期如梦，忍顾鹊桥归路。

谢沉渊抬起头，终于看清了她的样子，是个女孩子，半垂着头，柔软的头发落在肩膀上挡住了脸。衣服上都是干涸的血迹，脚露在外面，不知道是受了伤还是沾染着别人的血，像是走过了刀山火海。

在充斥着死亡与血腥的地方，她就这么坐在堆砌的尸堆上唱着歌。安静而柔软，纯粹又洁白，仿佛所有的死亡与绝望都与她无关。

几近新生。

食尸鸟撕扯尸体的声音惊动了那女孩儿。她抬起头，看见谢沉渊的那一刻，歌声停了下来。

目光相遇，漆黑的瞳孔里只有一道身影，融在红色的天光里。

谢沉渊走近。

女孩子表情认真而虔诚，问："你是来接我回家的吗？"

回家？谢沉渊觉得心口被什么堵住了一般，张了张嘴，问："你家在哪儿？"

女孩子偏着头想了一下："不知道。"不过她记得有人告诉她，会有一个人来见你，他会带你走，会给你一个家。

"喂！"江两意才赶过来，一路踩着尸体过来承受了不少的心理压力，这会儿也不怎么能说出话来。

可是看到女孩子的那一刻，他心里也有一种说不上来的感觉。

江两意想不明白，或许是她的样子太过平静了吧，这么多人死在她面前，她的眼睛里却没有一点点的恐慌和害怕，也不是绝望过度的死寂。

就像是，身处于很平常的环境一样。就算是吓傻了，正常人也不应该这样吧。

他小心翼翼地看向谢沉渊，想说什么又说不出来，也看不懂谢沉渊在想什么。他目光紧紧落在那女孩身上，问："你叫什么名字？"

"我叫顾鹊桥。"她忽然站起来，赤裸的脚踩在脚下的尸体上，一步一步，从尸堆上走下来，像是走下城堡的公主。

江两意倒吸一口凉气，只见她双脚踩到地面的那一刻，忽然倒在了地上。

"喂！"谢沉渊终于将心里那些莫名其妙的情绪压了下去，他冲过去，顾鹊桥已经晕了过去。

"顾鹊桥？"谢沉渊没有多想，打横抱起她来，连自己都没有意识到语气里的焦灼，"找陆湉过来。"

"好的。"江两意应道，应完了又觉得不对，朝着谢沉渊的背影喊，"喂，你凭什么命令我啊你！我俩平级好吧？"

江两意这人呢，就是这个样子，情绪变动堪比女人，哪怕前一刻还因为什么事伤春悲秋感动到哭，又或者是担惊受怕乱了手足，下一刻就能站在街口吃喝嫖赌乐在其中，十分擅长调整心态。

4. 迷路的兔子

陆湉是星际维和部生命检测部的医生，跟谢沉渊属于一个机构的不同部门。除了必要的医生基本技能，还负责各星球的生命体勘测和研究。

不过在江两意看来，陆湉是个怪胎，也不知道是不是星际女医生都是怪胎，反正陆湉就是。

首先凶得要命，其次这人居然没有痛觉，出了名的不怕痛。大概是死猪不怕开水烫吧。江两意兴致勃勃地在心里诽谤人家。

医疗空间站的重症监护室。

被谢沉渊带回来的女孩子躺在无菌房里，昏迷了大概三天吧。于是这三天江两意每天都得跟着谢沉渊过来。

她毕竟是 B244 星球唯一存活的人，身份也有待考究。

陆湉给顾鹊桥做完常规检查，出来的时候摘了口罩。

江两意愣了一下，这么一看，工作中的陆湉还是一个挺漂亮的女孩子的。

"看什么？"陆湉白了他一眼，没好气，"你可隔远点儿，细菌太多我怕污染环境。"

"喂！"要不怎么说是怪胎呢，真是可惜长这么好看一张脸了，江两意觉得自己刚刚完全白在心里赞美她了，立马拿出阴阳怪气的调子，打个喷嚏呛回去，"好歹也是我身上的细菌，算是我的子孙后代了，我正繁殖呢！"

"正常人都是繁衍，就您繁殖。"

"我乐意！"

本来谢沉渊也挺浑的，这么一对比，靠在玻璃墙前看着顾鹊桥的他显得格外稳重成熟。

陆湉绕开江两意走过去，对谢沉渊说："应该没什么事情，身体各项技能都很好了。"

"嗯。"谢沉渊笑笑，点头，"谢谢。"

"不过那样的爆炸她还能安然无恙地活着，身上一点儿伤都没有……"陆湉侧着头，"真的很奇怪了……"

　　"命大不行？"江两意就喜欢跟别人呛，还跟在人后面抢着呛，"当年谢沉渊不也没炸死……"他说着，忽然觉得有阵冷风，看了眼谢沉渊，自觉说漏了嘴，老老实实地闭嘴。

　　陆浠白了江两意一眼，谢沉渊的事她也是事无巨细全都知道的，不过谢沉渊不让提她才不会提。

　　陆浠把话题重新引到那女孩儿身上，说："哎，对了。你们见到她的时候，她有说什么吗？"

　　谢沉渊一时不明白陆浠的意思，可是顾鹊桥有唱过一首歌，说过一句话、一个名字。

　　陆浠笑，露出脸颊浅浅的酒窝，说："也没什么啦，就是想知道能不能有什么关于她身份的线索。好心提醒啊，要是什么普通人也还好，要是中星首脑会没有除干净的人……"

　　"你什么意思！"江两意打断她，然后自己又被谢沉渊打断。

　　谢沉渊说："这个我会查清。"

　　谢沉渊当然考虑过顾鹊桥的身份，所以才会把她带回来。

　　秦封年当时说将"狐狸"引到那颗星球，连同整个星球上的人一起除掉是中星首脑会的决定。可是他们为什么这么急于对"狐狸"赶尽杀绝，又为什么必须用这么残忍的手法？

　　谢沉渊环着手，思考的时候眸光清冷而凌厉。

不管是"狐狸"的秘密，还是中星首脑会在星球之间权力的斗争，顾鹊桥或许是唯一知道什么的人了。

他将目光移到沉睡的顾鹊桥身上。

"你们说什么啊？她一个小姑娘能干什么事儿啊？"江两意半天没说话，一说话就开始嚷嚷，而且顾鹊桥长得乖巧纯良又好看，怎么都不像是杀人如麻的"狐狸"吧！

更何况，见到她的第一眼，江两意就把顾鹊桥当作遗珍了。所以不管怎么样，在事实摆在他面前之前，他一定会站在顾鹊桥那边。

陆湉很不屑地白了他一眼。江两意看见了又白过去，眼神交锋之间，谢沉渊忽然迈开了步子。

两人一起看过去，无菌房里，顾鹊桥睁开了眼睛。

她醒了。

"喂喂喂……"江两意没来得及组词成句，谢沉渊已经走了进去。他想说谢沉渊你能不能稍微温柔点儿的，可是来不及了。

陆湉也跟着进去了。

顾鹊桥看起来并不像睡了三天的人，又或者正是因为睡了三天，精神看起来格外好。

她坐起来，目光从江两意身上落到谢沉渊身上，然后停下来。

谢沉渊眼角微挑："顾鹊桥？"

"哎。"顾鹊桥愣了一下，还认真地应了一声才问，"你是谁？"

"我叫江两意！闻君有两意的那个两意！"江两意迫不及待地伸出手。

可是顾鹊桥只是淡淡看了一眼他的手心，礼貌性地笑完继续盯着谢沉渊。

江两意悻悻然收回手，瞥了一眼旁边捂嘴笑的陆湝，狠厉地瞪了一眼过去。

"那你呢，你是谁？"

谢沉渊对上顾鹊桥的目光，眸色微沉，牵了牵嘴角，回道："谢沉渊。"

"谢沉渊。"顾鹊桥重复了一遍，看着谢沉渊，"谢沉渊，我好饿。"

…………

谢沉渊无话可说。

陆湝笑起来，心想这小姑娘看起来还真不像什么身份可疑的人，倒是江两意在旁边主动举手发言，说："好饿你找我啊，我给你准备好吃的，谢沉渊这种人才不会管人温饱。"

"那……"顾鹊桥犹豫了一下。

谢沉渊看了江两意一眼，算是同意了，还十分不客气地派他去准备吃的了。

虽然又莫名其妙被命令了，但是为顾鹊桥做事江两意还是很开心，甚至准备了很丰盛的四菜一汤。

于是，一开始气势十足的审问最后变成三个人就在旁边站的站、坐的坐，三双眼睛盯着一个女孩儿吃饭。而女孩儿一点儿都不觉得拘束，前半段如狼似虎宛如饿死鬼转世，后半段细嚼慢咽优雅得像公主。

她好不容易吃完之后还舍不得放下筷子，该不会是还没吃饱吧。江两意心想，却听谢沉渊完全不留情面地说："顾鹊桥。"

"嗯？"顾鹊桥抬起头，很认真地应了一声。

"拖够了没？还有什么要准备的吗？"

顾鹊桥愣了一下，被揭露的窘迫一览无遗。她老老实实地放下筷子，说："我不躲避了，你是不是要对我发脾气？你发吧。"

"？"谢沉渊完全不明白她在想什么又或者在耍什么花样，不过这种乖乖等着被批评的样子还真让训人无数的他无从招架。

江两意捕捉到谢沉渊脸上一瞬即逝却又确确实实存在过的无所适从，心想顾鹊桥可真是厉害啊，居然能跟谢沉渊对手！心里连连鼓掌。

谢沉渊沉了一口气，问："知道你为什么在这里吗？"

一瞬间的僵硬，顾鹊桥缓缓抬起头，眼神一瞬间被迷惘占据，连江两意也忽然觉得有些不对劲了。

"不是……你带我来这里的……吗？"顾鹊桥不记得了，好像睁开眼之前所有的事情她都不记得了，刚刚所有的感觉都被饥饿侵蚀，甚至没有想过自己是谁、自己在哪儿。

陆澍已经觉得不对了，刚想说话，却听谢沉渊继续问："那来这里之前呢？"

"我……"顾鹊桥被问愣了，想了很久，"我不记得了……我不记得……我是谁了。"

"好了可以了。"陆澍走上来，戴上听诊器，"你们先出去吧。"

江两意心里紧张，本来觉得顾鹊桥刚醒过来，谢沉渊这么逼问人家就不好。这会儿看顾鹊桥满眼的痛苦心里就更加紧张了，他一紧张就犯傻，说："我不出去，你凭什么把我赶出去啊！是不是想背着我们对她严刑逼供？"

陆澍真的是懒得理他——"小男孩儿，我是医生，逼供什么的我可管不着。"

江两意反应过来，说："那你别弄疼人家啊。"还没说完就被谢沉渊提着领子扯了出来。

病房外。

江两意整理着自己被谢沉渊提皱的衣领，嘀嘀咕咕地说："顾鹊桥看起来是不记得发生什么了吧？"

谢沉渊环着手靠在墙上，双腿交在一起，眼睛都没往江两意身上看，说："或许。"

"是就是，不是就不是，什么或许啊？"江两意嘟哝了一句，然后贴在玻璃墙上看着里面的两个人。

陆湉应该是在做进一步的检查，顾鹊桥看起来也挺配合的，偶尔客气地笑一笑，特别好看。

谢沉渊看了江两意一眼，没多想，可是再看了一下就觉得有些不对劲了，问江两意："你好像特别维护她？"

江两意没什么好反驳的，说："就感觉挺亲切的，而且她看起来可怜兮兮的。你们一个个都不想着点儿人家好，要么怀疑要么质问。总不能她好不容易活下来，还要面对全世界的质疑吧。"说完又补充了一句，"我就相信自己的感觉，想护着她就护着她呗。"

谢沉渊抿了抿唇，不知道是在笑他的傻气还是单纯，却没再说话了。

陆湉过了很久才出来，江两意恨不得从凳子上跳起来，拉着人问："怎么样？"

"应该是受到刺激导致记忆丢失，"陆湉是看着谢沉渊说的，"又或者是记忆被拿走了。"

"什么意思？"江两意发现自己好像有点儿蠢。

谢沉渊看着房间里的顾鹊桥，她坐在床上眼睛四处转悠着，满脸的困惑迷惘，像一只迷路的兔子。

　　他直起身子走了几步，选择了一种简单点的方式，说："记忆作为一种载体，如同身体里的某一部分，在不影响身体各项机能的正常运转下，应该是可以取出来。"

　　江两意似懂非懂，听着谢沉渊接着说："只不过据我所知，记忆手术尚在开发当中，真的能到使用的程度，最少也应该是十年以后的事情。"

　　"是这样没错。"毕竟陆湉所在的部门算是整个宇宙技术最先进的了，而记忆手术她也是相关开发人员之一。

　　陆湉伸了个懒腰，像是随口提起似的，说："不过，要是'狐狸'就说不定了哦。他们不管在哪一个方面，向来有我们都无法掌握的科技。"

　　她眨了眨眼，接着说："说不定'狐狸'早就会记忆分割手术了。"

　　"喂。"江两意一把拉下陆湉撑过头顶的手，"你怎么老说人跟'狐狸'有关呢！你自己不也说有可能是受到刺激导致失忆了，干吗非要危言耸听？"

　　陆湉一个懒腰被截断十分不爽，没好气地道："您是不是看上人家了，处处给人家说话？你没见人家看都不看你啊！"

　　"这有什么关系？我告诉你人家比你好相处多了，我现在就去相处给你看看。"

"滚滚滚。"

"……"

谢沉渊没理会两人的争吵，他又将视线移回去，因为隔着特殊材质的玻璃，顾鹊桥是看不见外面的，所以谢沉渊可以肆无忌惮地捕捉她的每一个细微的表情和动作。

的确是没有任何可疑或者不对劲的地方。

谢沉渊忽然想起在 B244 看到她的时候，那个时候她眼睛像是宇宙间的黑洞，没有任何神采。

而现在，眉眼盈盈，开始有了情绪。

像是一只迷路的兔子。

5. 警察与兔

谢沉渊并没有把顾鹊桥的存在告诉秦封年，虽然用不了多久秦封年就会知道，但有些事情他还是想自己解决。

毕竟经过 B244 星球的事，中星首脑会在处理一些事情的方式上，真的让人很难以苟同。

估计江两意也是这么想的，所以难得没有跟谢沉渊作对，也没有找秦封年告状，正跟顾鹊桥相处。

除却顾鹊桥是B244的遗珍这种说法，江两意本身也是个自来熟，跟谁都亲切，像个单纯懵懂毫无防备心的小男孩儿。所以还真让他给说中了，除了跟陆湝处不来，他跟谁都相处愉快。

那么这就是陆湝的原因了，江两意想。

而顾鹊桥也难得有个说话的人，她兴致也挺高的样子，说："你叫'两亿'，是因为你值'两亿'吗？"

江两意叹气，说："因为我出生时正赶上宇宙星籍划分，就跟买户口一样你知道吧？我妈为了给我搞个贵族星球王子的身份，就花了两亿那么多钱。"

"哇……"顾鹊桥惊叹了一番，"那你说你叫闻君有两意的两意，我还以为是你出生时刚好赶上你爸妈离婚呢！"

毕竟是闻君有两意，故来相决绝嘛！

"别啊。"江两意说，"虽然的确是两亿，但我妈还是给我取了个谐音，我们得尊重一下她老人家的想法对不对？"

顾鹊桥点头："嗯，也是！"

"可是你的关注点不应该在我的身份上吗？王子哎，星球王子哎，试问一下，你身边有几个身份这么尊贵的人？"

顾鹊桥本来笑得挺开心的，这会儿笑容忽然就僵住了。

江两意还没回头，就被按住了头，谢沉渊的声音在身后懒洋洋地响起来，说："小王子，让让成吗？"

江两意一副做坏事被抓包的表情，忽然想起什么来，朝着顾鹊桥挤眉弄眼动口型，说："快——叫——"

顾鹊桥看着江两意丰富而狰狞的面部表情，犹犹豫豫，终于将目光移向谢沉渊，说："阿渊……哥哥……"

哈哈哈哈哈！江两意很明显地感觉到自己头上的手一震，他趁机回头看着谢沉渊，笑得嘴角都要咧到眼角了。

"……"谢沉渊觉得有种脑门儿被撞了的感觉，朝着一脸无辜的顾鹊桥扯着嘴角象征性地笑了笑，之后眼神阴森森地看着江两意。

江两意这边也笑完了，一脸深藏功与名不用谢我的表情。他走到谢沉渊旁边，背对着顾鹊桥在谢沉渊耳边小声说："顾鹊桥现在什么都不知道，正是容易调教的时候，你看看，这一声'阿渊哥哥'喊得好听吧！"

这可是他说了半天才说服顾鹊桥喊一声阿渊哥哥的。谢沉渊眼睛斜过来，问："你很闲吗？"

"还好吧。忙，忙着上青天。"

"你先出去。"

"我不，"江两意一副你不夸夸我还赶我走的表情，"我和小鹊妹妹如胶似漆。"说完朝着顾鹊桥眨眼睛，"是吧！"

顾鹊桥点头，眼睛弯成桥，笑得纯良无害，说："对啊，江两意说谢沉渊这个人人闲屁事多，矫情又啰唆，让我喊一声阿渊哥哥，审问我的时候就不会太过火。"

"啊啊啊……"江两意捂都捂不住顾鹊桥的嘴，"这个就别说了，阿渊哥哥待会儿不开心了。"

谢沉渊看样子是又得把江两意踢出去扔了。

江两意迅速举手投降退到墙边，说："好好好，我不说，我就站在这里学习前辈的审讯手法好不好？"

顾鹊桥笑起来，估计是没见过江两意这么屁的人了。

可是笑完了就觉得气氛有点儿不对了。

她偷看了一眼墙角的江两意，只见他一个封住嘴的动作，还有一连串手舞足蹈的动作，看样子是在练拳。

可是在谢沉渊回过头的一瞬间，他又立马老实地背着手抿住嘴，目光上下游移，一副告诉全世界我心里有鬼的表情。

谢沉渊觉得下一次得给江两意上个手铐了。

顾鹊桥倒是乖得不得了，拖了凳子过来，问："那个……你要不要坐下来？"

"不用了。"谢沉渊说，见她一副欲言又止的样子，又说，"叫我谢沉渊就好。"

"……"

真是不解风情啊！顾鹊桥觉得江两意说得一点儿都没错，谢沉渊这个人严肃起来真的让人有种心里发毛的感觉。

比如说现在。顾鹊桥都要投降了，她说："我是要主动说，还是你问我答呀？"

出息呢！江两意在一旁捶胸顿足。

谢沉渊看着顾鹊桥小心翼翼又乖巧又讨好的小表情，有点儿想笑，说："那你自己招供？"

没犯错为什么要招供？江两意刚想开口，又老实闭嘴，手撑着额头非常焦躁，面部表情十分丰富。

"好吧。"顾鹊桥叹气，"我叫顾鹊桥，我在这里，因为你带我来的这里。"

谢沉渊有点儿怀疑这话是不是江两意教她说的了。

不过顾鹊桥的表情很诚恳，停了一下，她接着说："其他我不记得了，在这里睁开眼之前的事情我一点儿都想不起来，刚刚陆医生也问过我许多，检查过脑袋，我有没有说谎她肯定会告诉你。"

谢沉渊其实并没有想逼问出什么来的意思，只不过在外面看江两意和她聊得开心，想知道在聊什么而已，这会儿自己一进来什么都没说倒像十恶不赦的拷问官了。

他刚准备开口，顾鹊桥又犹犹豫豫地说话了："不过……"

"嗯?"

"谢沉渊,"顾鹊桥问,"谢沉渊你认识我吗?"

这话倒是问得奇怪了,谢沉渊环着手:"我该认识你,还是你记得我?"

顾鹊桥偏着头,看着他,摇头又点头,说:"不记得了,所以才想问,我们以前是不是认识。"

谢沉渊低着头笑了一声,回答得毫不犹豫,说:"不是。"尽管过去的二十年里遇到的人不计其数,记忆偶尔有所遗漏也是情理之中的事情,可是此刻他就是无比笃定,他没有见过顾鹊桥。

"啊……"顾鹊桥看起来有点儿失望,"其实你来之前江两意告诉我了,关于 B244 星球被炸毁的事情,我是唯一活下来的人,所以我可能涉及警察和'狐狸'之间的斗争和纠葛,身份很敏感。他还帮你说话了,毕竟你是警察,对于这件事情太过急进也是应该的,我都明白,所以如果我想起什么来,会告诉你的……"

谢沉渊看了眼江两意,对方一副求表扬的表情。

顾鹊桥停了一会儿,又接着说:"至于我对你的感觉……我想过了,如果我是坏人的那一边的话,认识你肯定是为了防着你,怕你抓我了。要是我是好人的话……"她抬起头,眼睛里亮晶晶的,"可能是慕名已久,悄悄喜欢过你吧!"

谢沉渊微微一顿,对于顾鹊桥忽如其来的话毫无防备。不过赧然也只是一瞬间的事，随即又是一副淡定闲适的表情，他说："那也未必，要是我有什么值得你喜欢的地方，你也不用这么怕我了。"

怕？顾鹊桥愣了一下，这么说来，自己在谢沉渊面前的样子好像是太过小心翼翼了点儿，还真是怕了？

她一时无话可说。谢沉渊也就默认她是真的怕他了，心里不知道为什么有点儿堵，目光十分不善地看了眼江两意，对顾鹊桥说："你放心吧，在你记起来全部的事情，又或者是确认你身份之前，我不会对你做什么的。"说完又接着说，"换一种说法，在此之前我们会保护你的安全，所以……你不用怕。"

谢沉渊说最后几个字的时候声音有点儿低。

顾鹊桥低着头不知道在想什么，并没有注意到他语气里的情绪变化，只是很认真地点了点头，说："好。"

一时之间两人都没有什么要说的了，谢沉渊朝着江两意看了一眼，大概是示意他可以动了。

偏偏江两意长了一身反骨，一副你让我动我偏不动的表情。

谢沉渊懒得理他，朝着顾鹊桥说了句"好好休息"，出去的时候忽然又回过头，看着顾鹊桥，问："还有一个问题。"

"嗯？"顾鹊桥抬头。

"你刚刚的话，都是江两意教的？"

顾鹊桥看了眼江两意，不知道谢沉渊指的是哪一句，问："你指的是……阿渊哥哥？”

谢沉渊低着头，笑："没什么。"

直到谢沉渊出去了，江两意才揉了揉酸痛的肩膀，满脸惊讶地跑过来，问："哇，小鹊，你以前该不会真喜欢谢沉渊那样的吧！"

顾鹊桥侧头，问："你觉得我是好人吗？"

如果是坏人的话，得防备你；如果是好人，是喜欢你。他毫不犹豫地选择了第二种，顾鹊桥看着江两意，觉得心里有点儿暖。

"那当然了。"江两意坐下来，表情很认真地说，"小的时候，我姐姐老跟我讲因果报应，说善有善报恶有恶报，让我多做点儿好事积点德，所以我觉得你一定是积了很多德才成为唯一的幸存者吧。"

顾鹊桥看了江两意半天，忽然笑起来："傻不傻啊你……"

江两意愣了一下，然后嘿嘿笑，忽然想起什么来，说："可是你以前要是真喜欢谢沉渊的话……别是眼睛不好吧。他那样还真找不出……"不好的地方，他没说完，毕竟这会儿发现自己还真不适合昧着良心说话，谢沉渊除了没他好之外还真没有什么不好的地方。

顾鹊桥看着外面谢沉渊走远的方向，说："那完了，我现在眼睛也不好。"

"什么？你别是现在也喜欢他吧！"

顾鹊桥将视线收回来，说："虽然觉得谢沉渊看起来又帅又酷，可是你更可爱啊！"

江两意觉得自己心里跟出故障的过山车似的，这到底是该上还是该下呢？什么叫虽然……可是……

还有说男孩子可爱的，顾鹊桥这算不算是夸他啊？

以　星　辰　为　名

第二章

明月皎皎，星汉西流

6. 失踪的"狐狸"

谢沉渊接到秦封年电话的时候,陆湉还以为他要招供顾鹊桥的事,忙说:"我看别了,封年哥已经不是以前那个封年哥了。"

谢沉渊有些惊讶地看着陆湉,她却忽然转过身子,谢沉渊这个人太会察言观色了,所以在他面前,最好的方式就是不给看表情。

陆湉说:"我的意思是,封年哥现在位高权重的,帮你瞒着上面的人也不好,告诉了上面的人也不好,就别让他为难了……"

"哟!封年哥呢……"江两意不知道什么时候冒出来的,语气酸到不行,"哪个封年哥啊?"

"你是不是十二指肠痛啊江两意!"

"还好吧,没那么矫情,我痛我不说,我忍着。"江两意说完抱头鼠窜,跑到谢沉渊面前问,"秦长官找您?"说完才意识到什么——

封年哥？秦封年？陆湉跟秦封年？嗯？他诧异地看向陆湉。

谢沉渊在后面好心提示："差不多，陆湉几年前差点儿成为你的上司夫人。"

"！！！"

"喂，谢沉渊你不是才稳重了两天吗？"

人以类聚，物以群分，所谓沆瀣一气，就是谢沉渊虽然跟江两意互相看不顺眼，但是又好巧不巧散发着一种味道的一路人。

区别在于谢沉渊偶尔有正常的时候，而江两意随时随地都是无限放飞的。

江两意问："你别跟秦长官谈过恋爱吧？"

"没有！"陆湉气死了，"我跟谢沉渊谈过。"

"别吧……"

江两意有点儿消化不了这三个人的关系，他最多只知道谢沉渊和秦封年当年也是宇宙刑警部的一对搭档，就跟他现在跟谢沉渊的关系一样。不过那两人当年干的都是大案子，每一个都足够给他们秦封年现在的地位的那种。

至于谢沉渊到现在为什么还在前线摸爬滚打，他就不得而知了，所以就更不可能知道这里面还有个陆湉了。

"你们也太复杂了。"

"再告诉你一件事。"陆湉觉得自己也不是什么省油的灯，谢沉

渊不仁她也就不怎么想讲义气了，"你知道谢沉渊为什么会对 B244
爆炸的案子那么上心吗？"

"？"

陆湉很满意江两意的满脸疑惑，说："因为 B244 星球出事的时候，
他前女朋友就在那里。"

！！！

江两意震惊到说不出话了，不是，谢沉渊有女朋友？还痛失旧爱
了？怎么这么可怜啊……

他看着外面谢沉渊的背影，心里不知道怎么就有一种自己痛失爱
人一样的感觉。

谢沉渊这会儿站在外面跟秦封年说话。

"在哪儿？"

"陆湉这里。"谢沉渊回道，无意识地瞥见身后屋子里江两意的
目光，不知道怎么有一种心里发麻的感觉。

秦封年沉默了一会儿，谢沉渊以为他有什么话想对陆湉说，就说：
"说吧，陆湉现在不……"

刚准备说不在，屋子里却传来陆湉的笑声，她说："江两意你这
么个玩意儿怎么这么好骗啊，你今年贵庚啊，别只有三岁吧？"

谢沉渊完全不知道自己被编了怎样悲惨的过去，清了清声音，听

那边完全没动静，问："还在？"

秦封年完全没有任何异样，说："在。"

谢沉渊顿了一下，陆湉现在的笑声对于秦封年来说算什么呢，过得很好？即便他不在也过得很好？

他明白陆湉故意弄出动静想要传达的意思，可不是很能明白秦封年现在的心情。对于曾经的秦封年来说，陆湉是他唯一的情绪，牵扯着他所有的喜怒哀乐。

而现在的秦封年，好像无论怎么刺激他都可以毫无波动，就好像陆湉过得怎样都与他无关一样。

爱了还可以不爱吗？谢沉渊最不明白的就是这点了。

秦封年也就沉默了几秒，然后继续说："有任务要交代。"

谢沉渊立马调整了情绪，清除那些乱七八糟的想法，拐了个走廊换了个安静点的地方，问："'狐狸'不是已经解决了吗……"

"并没有。"秦封年说，"阿渊，'狐狸'并没有湮灭，只是失踪而已。又或者借那一场爆炸隐匿一段时间，这样就会有足够的时间做自己该做的事情了。"

谢沉渊没有说话，消化了一下这段话，然后问："所以任务是什么？背着中星会调查'狐狸'？"

"去贺卓山，调查一个叫作七襄的女人。"

七襄？谢沉渊心里一惊，没来得及多问，转眼却看见顾鹊桥从走廊的另一边走出来。

"我知道了。"他匆匆挂了电话。

随即就是一声清脆的——"谢沉渊!"

顾鹊桥在房间里闷久了就偷跑出来转转,看见谢沉渊的时候先是愣了一下,想着躲也躲不开了,索性打个招呼,本来想喊阿渊的,后来忍成了谢沉渊。

谢沉渊收起了电话,放下刚刚想不明白的事,语气有些调侃:"想起什么来了?"

顾鹊桥表情瞬间收了回去,却忽然想明白,她并不是怕谢沉渊这个人,只是怕他来来回回揪着她忘记的那些事。

记忆这种东西,既然可以舍弃,也不一定有那么重要啊。顾鹊桥语气瞬间下去好几个点,说:"对啊,想起来我好像没有地方可以去了。"

谢沉渊看了一圈这个地方,转过身边走边说:"陆湉这里很好,她又是医生,应该没什么问题了。"

"不行。"顾鹊桥不愿意,跟着他走,"你说了保护我,结果要把我丢在这个空间站自己走了,太不负责任了!"

还多毛了?谢沉渊问:"不然我要把你丢在哪里?"

真丢啊……顾鹊桥说不过谢沉渊,索性照江两意教的死乞白赖,说：“我不管，你去哪里我去哪里。”

谢沉渊停下来，回过头看着顾鹊桥，说：“我回家。”

顾鹊桥愣了一下，是谁说的，有人会带她走，会给她一个家？

谢沉渊注意到了她的表情，问："怎么了？"

"我好像真想起什么来了……"顾鹊桥喃喃。

谢沉渊眸色微凛，等着她说下去。

顾鹊桥却一个字一个字地，表情格外认真地说："想起来，你说过会带我回家。"

谢沉渊盯着她看了半天，才几天就从一开始怯怯懦懦变得有点儿痞了，怕是跟着江两意学不到什么好品质了。

所以尽管顾鹊桥这会儿真想起来什么，谢沉渊也没当回事。

陆滟好不容易把三个麻烦送走了，回头刚伸完懒腰，电话却响了起来。

她愣了一下，脸上的笑意渐渐浅下来。

很久，久到电话已经不响了，她才缓缓走过去，手搁在听筒上，却始终没有听到它再一次响起来。

陆滟深呼一口气，拿起电话，很久才说："秦封年……"

时间一秒一秒地过去，一秒仿佛被拉长了十倍，她说："秦封年，最近过得好吗？我很好啊，也很想你。"

可是回答她的，只有漫长的忙音。

7. 银河与流溪

谢沉渊带着顾鹊桥回了地球。

双脚踩在地面的时候，顾鹊桥心里有种说不出来的亲切感，特别开心地看着谢沉渊："我果然还是地球人呢。"

而谢沉渊看着旁边一脸惬意的江两意，问："小王子是吧？你为什么在这里？"

虽然江两意之前说的都是事实，星球王子这个身份也是真的，但是总被人说出来还是有点儿害羞的。他红着脸讲："我怕你对我小鹊妹妹图谋不轨。"说完看了眼顾鹊桥，看完了又换上一副恨铁不成钢的表情，小声讲，"顾鹊桥你收着点儿，哪有你这种巴不得别人对你图谋不轨的表情啊！出息呢妹妹？"

顾鹊桥回过神来，深吸一口气，对谢沉渊说："是这样的，我怕你对我图谋不轨。"

谢沉渊很无奈，迈开腿继续往前走："行吧，我这人居心叵测还吃人，你俩小心点儿。"

说到这里的时候，江两意忽然愣了一下，看着顾鹊桥跟在谢沉渊背后蹦蹦跳跳的身影。

不对，他在想什么呢！

谢沉渊很少在家，一般都在飞行器里，从一颗星球到另一颗星球。

陆湉常说他是宇宙浪子，他觉得不是这样，浪子都是头发油光闪亮，穿着花衬衣，扣子解到胸口露出里面拇指粗的金链子的那种。

他不是，他只是不喜欢住在一个四四方方的房子里而已。

几人进来的时候灰落了一身，顾鹊桥捂着脑袋到处钻。

江两意摸了摸鼻子上的灰，说："谢谢'款待'了。"

顾鹊桥看起来还挺高兴的，除了灰多点儿，屋子里的陈设都很有科技感。

谢沉渊不知道按了一个什么键，整个房子忽然亮堂起来，墙壁宛如吸水的纸巾，将各个角落的灰尘全部融了进去。

"别啊，我还没吃饱呢！"江两意也不知道是不是疯了，老是看着顾鹊桥说胡话，不过反正也没人理他。

顾鹊桥问谢沉渊："你一个人住吗？"

"也不是。"谢沉渊给顾鹊桥倒了杯水，自己也拿出一罐不知道是什么的饮料，看起来很渴。

顾鹊桥看着他上下滚动的喉结和抿着的唇，一颗心也滚动了一下，不是一个人住，还有别人吗？

谢沉渊抬眼，眼里有似是而非的笑意，看着顾鹊桥身后。

顾鹊桥正奇怪，忽然听到一阵奇怪的声音，回过头的时候却被吓了一跳——江两意正被一只巨型的牧羊犬压在了下面，正嗷嗷直叫："我的妈，我刚吃饱的肚子全被您给压出来啦。"

"这可不是你妈。"谢沉渊懒懒地说了句。

顾鹊桥回过头，眼睛里有亮晶晶的喜悦，问："原来你和它一起住啊？"

算是吧。谢沉渊"嗯"了一声。

顾鹊桥跑过去，却不是把江两意从狗的舌头下解救出来，而是抱住狗一起压在江两意身上，开心得不得了，说："它叫什么啊？"

"狗。"谢沉渊看着那一坨玩意儿，有点儿愁。

这只狗是陆湉送给他的。

原因是谢沉渊天不怕地不怕，就怕狗。

以前好多次任务里，谢沉渊只要一脸猪肝色有所畏惧，百分之二百是遇到狗了。

陆湉为了他好，就送了他这么一只巨大的牧羊犬，说是生活在一起，习惯就好了。

结果谢沉渊就不怕这么一只，其他的看见了该跑的还是得跑。

江两意好不容易从一狗一人身下爬出来，差点儿喘不过气，说：

"你们吃好玩好，我的星球需要他们的王子，我先走啦。"

可他刚迈出两步，谢沉渊长腿一伸，他就又这么重新趴到了地上。好歹也一米八的大男人，就好像特别喜欢在地上打滚儿玩一样。

偏偏谢沉渊还故意玩弄他，说："我这地挺干净的，你别擦了，太干净我住不惯。"

顾鹊桥在后面笑得前仰后合，连狗也冲着他"汪汪汪"。

江两意抬起头格外怨念地看着站在那里一脸闲适又优雅的谢沉渊，求证这狗主人的腿究竟有多长。

算了，哪里跌倒就哪里爬起来吧。江两意气定神闲地站起，估计是想拍拍身上的灰呢，可是哪里有灰？于是他拍了拍衣服上的褶子，说："谢沉渊，我投降。我们和平相处，我爱你敬你崇拜你，你宠我夸我赞美我好不好？"

"不了。"谢沉渊说，"我们加起来好几十岁，爱来爱去有点儿怪。"

江两意点头，心里恨不得把牙给咬碎了，谁跟你爱爱爱啊！

顾鹊桥抱着狗，连眼角都是笑意，忽然有一种以前的回忆也没那么重要的感觉。

可是想想又觉得不对，也许以前也有人这样陪着她呢，现在应该还在某个地方等她回家吧。这么一想，心里也是暖的。

她揉了揉狗身上的毛，忽然说："给它取个名字吧！"

谢沉渊愣了一下，陆湉以前也让他给这只狗取个名字。

不过他觉得本来就是一只狗而已，如果有了名字，就会变成了生命里的一部分，以后舍弃的时候，就很难了。

他向来不喜欢牵扯太多的感情，比如说陆湉和秦封年，就是很好的反例。

顾鹊桥没等谢沉渊同意，说：“就叫‘小鸟’吧！小鹊小鸟十分像是一家人啦。”

“你叫一只七十斤的公狗‘小鸟’，你在想什么啊？”江两意迅速加入其中，“我看叫谢沉渊就很好。”

谢沉渊抬脚一踹，江两意“啊”的一声跌到沙发上，惊魂未定。

顾鹊桥问谢沉渊：“剩下你的意见了，我们三选一！”

谢沉渊想想觉得不对，为什么要跟这几个人一起给自己家的狗取名字？他想都没想，依旧脱口而出，说：“狗就挺好的。”

“不好！”江两意大叫。

“那好吧。”顾鹊桥看着狗，“二比一，你就叫阿狗吧。”

江两意满脸问号：“请问哪里二比一啊？你的立场呢？”

顾鹊桥理所当然：“在谢沉渊那边啊。”

“喂！”

江两意一看谢沉渊就觉得他在奸笑，心里诽谤不断——你就使劲儿得意吧，捡了这么好看的一个小姑娘回来，什么都护着你听你的，你就该得意死！还得春风得意马失蹄！

谢沉渊淡定地喝了一口水，看着顾鹊桥一脸开心的小表情，而余下的眸光里，对面楼顶一闪而过的红光，带着凛冽的杀气。

晚上的时候，顾鹊桥睡得很早。

江两意在阳台上喝闷酒，很失落。谢沉渊出来的时候，他拿着酒杯身体转了一百八十度，屁股对着谢沉渊，说："不用道歉了，我不原谅你。"

谢沉渊好笑，靠在栏杆上，看着无边的月色，还有航行在宇宙之间来来往往的飞行器，像是一条流动的小溪。

那里以前叫作银河，是遥不可及的星星；现在叫作流溪，流动的是在宇宙间穿行的飞行器。

"说吧。"谢沉渊语气懒懒。

江两意心虚地看了他一眼："说什么？不说。"

"回来的时候你是不是想起来什么？"谢沉渊抿了一口水，气定神闲的样子宛如在谈论天气一般，"有关顾鹊桥。"

江两意喉咙一哽，谢沉渊是在他身上放眼睛了吗？没记错的话，那个时候他是背对着他的吧。

瞒不住了就想敷衍，江两意说："我可能看错了吧。"

"说。"

江两意头皮发麻，说："那个时候……在 B244 的时候，就是在监控器里看到有人的时候，你不是立马跑过去了吗？可是我多看了一会儿，就想看看她在找什么。"他声音越说越小，"应该是找食物吧，我看见她在……吃什么……"

谢沉渊没有说话，目光不知道在看哪里。

而江两意看着屋子里的灯光，光晕在瞳孔里晕开。谢沉渊应该已经明白了吧，所以他也没有说完。

可是这么瘆人的东西，他怎么会忘记呢？

所以一定是记错了，况且他怎么也不会相信，刚刚还眉眼盈盈笑嘻嘻地跟他打成一片的小姑娘，那个叫作顾鹊桥的小姑娘，会吃死人。

8. 贺卓山

"狐狸"在宇宙间销声匿迹了一个月，宇宙间的人都渐渐松了口气，终于确定"狐狸"是真的被消灭了。

所以或许真的如秦封年所说，当所有人都对"狐狸"放松了警惕，他们便有足够的时间与空间做自己原本就要做的事情。

而谢沉渊照秦封年所说来到贺卓山的时候，贺卓山正在举行婚礼。

贺卓山是一颗星星的名字。

几百年前星球之间刚建立交际的时候，地球上有一个叫作贺卓山的自由科学家在这颗星星上建了第一座科学研究庄园。

那个时候并不是像现在这样每颗星球都可以供人类居住，虽然地球人与外星人都知道彼此的存在，但也仅此而已，都是互不干扰互相仰望着。

毕竟不管是外星人还是地球人，并不是相互适应彼此的生存环境。

而贺卓山在这颗星球上研究出来的星球能量石则打破了这样一道石墙的隔阂。

在各星球的人类都无法生存的星球上，借助能量石的力量建起中间站，提供源源不断的能量来构建各星球的人类所需要的生存环境，创造了现在这种宇宙街市的感觉。

刚好贺家代代有出息，充分利用能量石的价值建造基站也就被延续到了现在，顺便就以贺卓山的名字命名了这颗星球，算是纪念吧。

所以最痛恨"狐狸"的，除了那些遭到破坏的星球，应该就是贺家的人了吧？自己代代相传建立起来的宇宙空间体系却被"狐狸"一点一点地摧毁。

谢沉渊长呼一口气，忽然有点儿头疼，瞥了眼身边不知道什么时候出现的江两意，说："你到底是人还是尾巴？"

"我又不是你们家阿狗，积了一辈子德长了尾巴。再说，你见过这么身份尊贵长得又帅的尾巴吗？还有，别以为我不知道秦长官给了你秘密任务你就了不起，我也有秘密任务啊，而且说不定比你的还要厉害。"江两意滔滔不绝。

谢沉渊早就料到了，手在江两意眼前一晃，江两意就只觉得嘴上一凉，然后就……哑巴了。

江两意这么一看眼睛还挺大的，使劲儿瞪圆了看着谢沉渊，谢沉渊居然用对付暴乱分子的封嘴器封他？

谢沉渊想起什么来，给江两意留了点儿口，让他还能说几个字，问："顾鹊桥呢？"

江两意心里咯噔一下，眼神不知道往哪里瞥，于是只能闭上眼仰着头，一副认栽了的表情："在家。"

这个封嘴器是谢沉渊从"狐狸"那里学到的微型机器人。

以前有警察为了抓"狐狸"，经常会被"狐狸"捉弄，就像这样也不对他们做什么，就拿封嘴器让他说不了话。

后来，谢沉渊研究了一下，不仅掌握了封嘴器的技术，还改进了一下。于是就出现了这么一个还能留点儿口的封嘴器2.0。

所谓留点儿口，就是留了几个字的口，被封住的人只能在一定时间的冷却时间里说几个字。

谢沉渊没再多问，沉眸不知道在想什么。他忽然打开自己屋子里的监控，顾鹊桥正趴在沙发旁边睡觉，还有一只狗，抻长了脖子四处看了一圈，似乎知道谢沉渊在看他们一样，看完还冲着监控机器人叫了两声，似在说："看什么看？王八蛋！"

谢沉渊觉得心里被什么撞了一下，低着头笑了一下。顾鹊桥倒心大享受得很，一副十分安逸的样子。

江两意在旁边心都要跳出嗓子眼儿了。谢沉渊之所以敢把危险人物顾鹊桥放在家里，是因为没有比他家更安全的地方了。

好歹谢沉渊家里的安全系统都是他自己设计的，一般人想破开还真的没办法。

不过……

江两意的注意力这会儿完全被谢沉渊嘴角惬意的笑给吸引去了，心里有张嘴在疯狂说话，我的妈啊，谢沉渊居然这样笑？迷人不说，他为什么看着顾鹊桥笑得这么温柔，发春吗请问？

谢沉渊估计才注意到这边的情绪波动，斜着眼睛看过来，嘴角的笑意忽然变得邪恶起来。

果然，江两意只觉得自己眼皮一凉，忽然就面瘫了，现在除了能瞪大眼睛这个表情，做不出任何表情。

谢沉渊！肯定又是他搞的鬼！这一次是什么？就好像眼皮中间卡

了根柱子一样，死活都闭不了眼。他到底还有多少自己不知道的折磨人的小玩意儿？

江两意尝试了无数种闭眼的方式，最后也就只能保持这个瞪圆了眼睛一脸惊恐的样子苦苦哀求谢沉渊，眼泪都快流出来了。

谢沉渊笑得纯良无害，说："你好像挺喜欢瞪眼睛的？怎么回事？是为了大眼睛做眼部扩张操吗？"

江两意努力使自己笑得可爱一点儿，疯狂点头。

"啪"的一声，谢沉渊不折磨他了。

江两意闭上眼，一脸幸福，上下眼皮接触的感觉真是太好啦！

不过好了伤疤忘了疼，江两意眼睛自由了没多大一会儿，在说话这方面依旧滔滔不绝，甚至用了一个小时的时间说完一句话，首先本着节约时间的想法省去了姓氏——"沉渊。"他不是找死，就是想解释一下。

他继续说："我爸，是他，朋友，我替，我爸，来，送礼，真的，不想，跟着，您的。我们，今天，不，办案，只，吃饭。"

谢沉渊大概明白了怎么一回事儿吧，贵族之间的往来，江两意作为星球王子，肯定是收到了邀请函。

比起谢沉渊冒充秦封年来，人家江两意好歹是名正言顺来的。

虽然弄清了原委，可手上却忘了给江两意解开封嘴器了。

飞行器停在贺卓山私人别墅庄园区。

江两意一下飞行器就被簇拥着卷入人群之中，所以谢沉渊这会儿才记起来他说不了话，可也找不到人了。

谢沉渊混在人群里，一眼就看见了站在前面的陆湉。他奇怪了一会儿，不过想到秦封年都能收到婚礼邀请函，照陆湉以前的社交圈，收到邀请函来参加婚礼也不是什么奇怪的事情，所以也没多想。

不过，陆湉显然很不给他面子，在看到他的时候，惊讶了一小会儿，可是眼睛里的失落也太明显了，估计是指望还能见上秦封年。

谢沉渊就喜欢哪壶不开提哪壶，他插着裤兜儿走过去："好巧。"

陆湉就知道他没安好心，上下打量了他一圈，先发制人："穿这样来抢亲的？"

毕竟比起谢沉渊平时极其随意的衣着，今天一身西装革履是真的有点儿太抢眼了，扔在这群贵族少爷王子里面也可以说是鹤立鸡群了。

不过这个金黄色的领带是怎么回事？也不能因为长得好看，就胡乱搭配引领时尚的潮流吧。

陆湉皱眉，欲言又止，说："你哪儿来的这金带子？别是为了抢亲特地镀金了吧？"

谢沉渊看了眼自己的领带，也很无奈，不过这种东西难道不是随便就好？他没觉得有什么不对，说："顾鹊桥选的，说看起来就很有钱。"

"……"陆湉嘴角有点儿抽搐，"得亏你脸好身材好，穿什么都是标杆儿般的衣服架子，不然顾鹊桥也真敢做。不信你给'两亿王子'试试，准跟街头戴金链子梳油头发的不良少年一个风格。"

谢沉渊笑了一声。

陆湉说："行行行，您可别再对我笑了，我快心动啦。"说完又说，"对了，'两亿王子'今天没来？"

"来了。"谢沉渊抬了抬下巴，便听见一声十分委屈的声音——"湉，湉。"

"？"陆湉回过头。

江两意站在她后面，一言不发。

"你喊我什么？"陆湉一副要吃人的表情，"你声音大一点儿，我没听见？"

江两意本来想喊陆湉的，但一时忘记了陆湉姓什么来着，本来一分钟就只能说两个字，这会儿觉得单喊一个字觉得有点亏，就喊了个湉湉。

可是他现在没法解释，有苦说不出，心里想陆湉可别误会了。可是有谢沉渊这个"调料罐"在这里，陆湉不想误会都难。

所谓调料罐，就是人闲如谢沉渊，极其擅长若无其事地添油加醋。

　　果然，谢沉渊不负众望，唯恐天下不乱，说："他喊你湉湉呢，你封年哥都没这么喊过你。"

　　陆湉看着谢沉渊，又看着江两意，投降。

以　　星　　辰　　为　　名

第三章

跂彼织女，终日七襄

9. 异瞳

整个贺卓山都笼罩在一种奢华之中。放眼望去，即使是白天也能看见飘浮在半空里的水晶球，闪闪发亮，宛如落在地面的银河，差不多能想象得到等会儿晚上会是怎样一幅场景了。

而这条水晶银河的尽头，是一座古堡。

"那里应该是举行婚礼的地方了。"陆湉说，"还有啊，我听人说，这条路上一共有6524颗水晶球，每一颗水晶球里都有一个影像片段，是新郎和新娘从相遇那天开始到现在，每一天里的一个场景，六千多天，得快二十年了吧。"

谢沉渊对这些花里胡哨的东西并没有什么兴趣，他随便看了一个水晶球，应该是两人七八岁的时候。小姑娘坐在悬崖边，小男孩儿慢慢走过去，递给她一颗糖。

一路走下去应该刚好能看完两人相知相恋相亲相爱，从一根棒棒糖到婚礼殿堂的历程了。不过，谢沉渊是没有耐心看完别人的故事，他漫不经心地说："多傻的小姑娘啊，被一颗棒棒糖就给骗走了……"

不过忽然觉得贺东明也挺厉害的，一面独当整个贺家，做起事来雷厉风行、六亲不认；另一面又能为了娶一个女孩儿这么花心思。

"我还知道新娘是贺东明爸爸收养的女孩儿，贺东明护得紧，到现在都没有人知道新娘叫什么长什么样。"陆湉说着说着忽然想起什么来，看向谢沉渊，"你别真是来抢亲的吧，我可记得你以前一直在找一个女孩子的……"

"什么时候？"谢沉渊还真没想起来自己什么时候找过什么女孩儿。

"就是……"

谢沉渊没等陆湉说完，忽然打断了她，说："行了，你待会儿找到江两意，最好不要一个人待。估计秦封年知道你也在这里指望我看着你点。"

陆湉愣了一下，回过神来的时候，谢沉渊已经隐进了人群里。

她看着谢沉渊消失的方向，苦笑了一声："什么叫指望你来看着我啊？秦封年到底有多看不起我。"

我可以保护自己啊。

陆湉在心里感叹了一声，回过头看见江两意终于再一次从王子之间的应酬中脱身而出，跟找到了浮木一样朝她跑过来："陆湉！"

"走开。"

谢沉渊只是忽然感觉到了一股很奇怪的气息，又或者一个很奇怪的人，与这里的气氛格格不入。

他迅速追了上去，停下来的时候，刚好到那条路尽头的城堡。可是那道身影已经消失了。

谢沉渊看了一下周围的地形，这是一个极其梦幻的古堡花园，周围是围起来的石墙。他屏住呼吸，有细微的声音传过来。

有人来了。

谢沉渊迅速抬手按下西装袖扣上的一个按钮，于是周身开始闪现出一些半透明的字符，密密麻麻，慢慢织出一道数据屏障。

这是现在一种比较领先的隐身术，根据周围的环境，在极短的时间里编程制作出一道与周围环境一模一样的数据幕布，再用来掩盖自己的存在，就像变色龙通过环境改变颜色来保护自己一样。

不过这种技术也有弊端，毕竟时间有限，只能画出极小范围内的数据隐身幕布，如同孙悟空的保护圈，只能在这个圈里移动。

而现在一分钟之内编写出一个360度无死角数据屏障，对于谢沉渊来说虽然不是很简单，但是也足够了。

谢沉渊隐藏起自己的一瞬间，两个男人刚好从外面走过来。

其中一个不足为奇，而另外一个……看样子并不是普通人，个子很高，一身剪裁得体的西装，眉眼深沉，眸光冰冷，看起来不苟言笑，有一种浑然天成的领导风范，右手的手背上有一道疤。

贺东明？

谢沉渊疑惑的一瞬间，旁边的男秘书已经说出来了："贺总。"

谢沉渊又仔细地看了看，忽然想起一开始在水晶球里看到的他小时候的样子，真是一点儿也不像了。

贺东明声音沉沉，问："人呢？"

"七小姐回来了，可是夫人……"

七小姐？谢沉渊忽然想起秦封年说的那个七襄来。

一阵寒气仿佛凭空出现一般，贺东明面前缓缓走出来一个女人。

黑色紧身皮衣勾勒出性感姣好的身材，一张脸宛如匠人手中的艺术品，精致到找不出任何瑕疵。

而最令人瞩目的是她一双异瞳，右眼是平淡无光的黑，带着冷硬的淡漠与疏离；而左眼，灰白色的瞳孔，深不见底，神秘而诡异。

谢沉渊在看到她眼睛的一瞬间愣住了。

是她？原来她叫七襄。

10. 七襄

谢沉渊是在很多年前的一次任务之中遇到她的。

那是宇宙间的一次很恐怖的人口贩卖。一些没有星籍或是没有身份的人会被黑暗组织抓到某颗星球上，进行一些新型物质的人体试验。

七襄便是当时被贩卖的人之一。不过那个时候谢沉渊也只不过是一个小孩儿，没多大出息，跟着当时的队长费了很大的劲儿将七襄从那个装满死人的腥臭的地洞里救出来。

那几天里的很多细节他都不记得了，只记得七襄从尸洞里出来的时候，为了适应忽然而至的光，缓缓睁开眼。

那是谢沉渊第一次看见她的眼睛，一双异瞳，一只是剔透的黑，而另外一只是蒙蒙的白，两只眼睛同时倒映着谢沉渊的脸。

她小心翼翼地问："我可以活下来了吗？"

谢沉渊笑，拍拍她的手。少年眼睛里闪烁着明亮的光，说："当然了，我会保护你的。"

可是等搜救结束之后，谢沉渊就没有再见过她了。

据说那些人都找回了身份各回各家，找不回的也都重新分配了星籍，而七襄……

谢沉渊忽然想起来刚刚陆湉说记得他曾经找过一个女孩儿，应该就是七襄了吧。

可是她怎么会在这里？

风吹得地上的花草弯了腰，只有谢沉渊面前的那一块，无论是草还是细小的尘埃，都是纹丝不动的。

谢沉渊眯了眯眼睛，其实以他现在的处境是很容易被发现的，只不过照对面两个人的情况，估计是没有心情在意这些细节了。

贺东明双手背在身后，问："告诉我，她在哪儿？"

七襄声音平静，说："她死了。"

长久的沉默，风停的一瞬间谢沉渊甚至觉得空气都是静止的。贺东明缓缓开口，声音除了平静，还能听出蕴藏在其中的巨大悲痛，问："还有呢？"

"心脏被挖出来了，鸟啄掉了眼珠，血流了一地。"七襄说这话的时候，平淡得像在陈述中午吃了什么，眼睛没有任何焦距，仿佛在看谢沉渊，又仿佛不是，她又说了一遍，"对不起，东明先生，她死了。"

一瞬间的寂静，诡异的风声像是年迈者沉重的喘息。不知道过了多久，贺东明才缓缓开口，说："你知道没有保护好她对你来说意味着什么吗？七襄，你本来就只不过是一个容器而已，你胸腔里跳动的是属于她的东西。既然她死了，你也未必能活。"

"我知道。"七襄回答得很快，像是早就准备好迎接一场死亡般，所以才能格外平静地说，"任务失败本来就该受到该有的惩罚，我甘之如饴。"

贺东明看着不远处灯火如昼的热闹,似乎才记起来自己还有一些贵客要招待,往前走了两步又停下来。

"还有……"他侧过头,露出半张侧脸,精致而深邃,"七襄,她是死是活我会查清楚,哪怕真死了也是要回到这里的,我会把'贺'字永远冠在她的姓氏之前……我不动你,只不过是不想在我和她的婚礼上做她不喜欢的事情而已。不过,不代表'他'不会动你。"

"嗯。"七襄点头,"东明先生,祝你新婚……顺意。"

谢沉渊算是听完了一场墙脚,可云里雾里有些不明白。

"她"……是谁?是贺东明的未婚妻?是七襄没有保护好贺东明的未婚妻,所以叫任务失败?

可是未婚妻都不见了,这场婚礼就闹着玩玩的?谢沉渊想了许多种可能,却越想越困惑。

只见贺东明走了之后,七襄又在原地站了一会儿,没有崩溃的表情没有害怕的表情,总之就是单纯地站了一会儿,然后才转身离开。

谢沉渊自然是跟了上去。

夜色不知道什么时候开始笼罩在这颗星球上空,地面却因此而璀璨起来,水晶球里面的画面越加生动明亮起来。

不过谢沉渊无暇顾及别人的浪漫，他看着七襄在一栋白色的房子面前停下来，于是也跟着停下来。

"出来吧。"

谢沉渊心想总算是发现了，不过转念一想也许七襄早就知道了，只不过是要把他引到这个地方而已。

他现了身，看了一眼面前规整得如同一个盒子的白色房子，随口说了句："好久不见。"

七襄侧过头，黑色的那一只眼睛宛若深潭，她语气淡淡，说："我或许会杀了你。"

谢沉渊先是愣了一下，随后笑："欢迎。"

"谢沉渊。"谢沉渊低着头，听她猝不及防地叫出自己的名字，然后继续说，"你是来抓我的吧。"

"原本是。"谢沉渊有点儿不确定，继续说，"现在觉得你可能……会有什么危险吧，所以考虑把抓你的事放在一边，先带你离开这里。"

"你要救我？"

谢沉渊犹豫了一下，说："是吧。"

七襄看了他许久，忽然笑起来："我以为这么多年过去了，你或许能成熟一点儿。你要救我？凭什么救我？"

她接着说："像以前那样吗，所谓的救了我，只不过是把我从一个深渊丢进另外一个深渊？"

谢沉渊一愣，胸口有点儿堵。

虽然第一眼就能确定就是她，可是现在眼前的这个人和当年那个小心翼翼问他自己可不可以活下来的姑娘没有任何重叠的地方，仿佛完全变了一个人一般。

所以她说得也没错，当年年少气盛，说什么保护，这中间翻天覆地的变化，都是他没有保护好的东西。

"既然不愿意，为什么说甘之如饴？"谢沉渊收回了脸上漫不经心的表情，"我不知道你和贺家的关系，也不是很明白贺东明说的是什么意思。但是七襄，你如果真的是在向我求救的话，我可以试着，再拉你一次。"

"是吗？"七襄嘴角浅浅的笑意，她走过来，靠近他，"谢沉渊，一个人一辈子只能当一个人的救世主，你救不了我的。"

"举手之劳而已，没必要上升到这么深的说法。"谢沉渊往后退了一点儿，"又或者只是以前没有做好的事情，现在完善一下而已。"

"呵呵。"七襄低下头，又恢复了以往的面无表情，"我不需要救世主，不过既然你来了，我有东西要给你。"

谢沉渊疑惑，视线顺着她的目光落在面前那栋白色的房子里面。

七襄说："屋子里有一把钥匙，现在是你的东西。"

"什么钥匙？"

　　"谁知道呢……"远处忽然传来一阵动静,像是有人往这边赶来一样,空气里透着杀气。

　　七襄看着那边,说:"我就把它交给你了。"

　　谢沉渊的目光渐渐地凌厉起来,甚至已经做好要对付那群人的准备,却被七襄拦住了,她说:"我是贺家的人,要死要活他们说了我就会去做,所以你不必拿出所谓的神主心来救我,我的事也不想牵扯到你。"

　　谢沉渊听着,只见自己周围迅速被织起一道保护圈,然后他就被困在里面了。

　　11. 人造人

　　谢沉渊讶异于自己对于七襄的保护圈居然毫无察觉,而且现在无论怎么挣扎都无法出去。

　　他只能看着那群人阴气凛凛地走过来,说:"七小姐,先生在等你。"

　　没有多说一句话,七襄就这么跟着他们走了,也没再看谢沉渊一眼。

谢沉渊凝着眉，努力使自己镇静下来，试图解开这道数据保护圈，可是并不是那么顺利。他可以确定自己从刚刚到现在一直都没有放松过警惕，可是七襄依旧能在他有所防备的情况下将他控制住，甚至是这样一道他从未见过的监禁程序。

所以她一开始说的"我或许可以杀了你"，是真的有可能的吧。谢沉渊觉得自己有点儿太低估七襄了……

他沉眸，滴滴几声，程序密码被解开，却用了比想象中要多许久的时间。

与此同时，眼前那栋白色的房子居然像冰块一样融化了，只剩一个四四方方的盒子。

谢沉渊走过去，这大概就是七襄要给他的东西了。

透明的水晶盒子里，躺着一把钥匙，像是来自古老的城堡，闪着铬黄色的光。

谢沉渊凝眉看了许久，也实在想不起来什么钥匙会与他有关，也压根儿没法从一把钥匙看出来是属于哪个锁。

他把钥匙收起来，立马给陆湉打了电话，问："陆湉，你在哪儿？"

那边很明显愣了一下，随后又笑起来，说："我在……参加婚礼啊，怎么了？"

"你来这里并不是参加婚礼的。"谢沉渊语气凌厉，不容置疑。他早该想到的，江两意是真的来参加婚礼，而陆湉并不是。

那群人把七襄带进车里的时候，关门的时候他留意了车子里的其他人，恰好有一个谢沉渊见过，是陆湉同部门的医生。

贺卓山的一场婚礼，为什么会请到一整个宇宙间首屈一指的医疗团队？

短暂沉默之后，陆湉叹了口气，说："那你还问？"

"什么手术？"谢沉渊语气急切，想到贺东明说的那些话，什么器官、容器……如果没有猜错的话……他有些不确定，脚下的步子停了下来，"器官移植？"

陆湉心里一沉，看着医院楼下停下来的车子，担架床上躺着一个女孩儿，应该是注射了术前的药物了。

她笑了一声，说："谢沉渊，你别告诉我，那个女孩儿，就是你一直找的人吧？"

谢沉渊没说话。

陆湉大概知道了，长长地叹了口气，说："差不多，她是供体，提供所有的器官。这样的话，她可能就活不成了。"

"我马上过来。"

陆湉甚至听到那边的风被切开的声音，笑了一声。

"我以前觉得秦封年这人死板，只会奉命行事，可是现在看来……"她顿了一下，接着说，"我误会秦封年了，我也只会奉命了。"

她看了眼自己手腕上的定时炸弹，红色的数字一秒一秒地减少，还有一个半小时。

陆湉说："谢沉渊，我可以帮你拖三十分钟。"

陆湉挂了电话，把手机交了出去，然后转身清理着自己。

"陆医生，"是同行的助理，一个年纪不大的小姑娘，应该没什么经验，帮她穿手术服的时候手都是抖的，"我们会不会死啊？"

"谁不会死啊？"陆湉笑了笑，担心吓到小姑娘了，又说，"你怕吗？"

"怕……"小助理颤颤巍巍地说完又问，"陆医生你不怕吗？"

"不怕呀。"她看着窗外，喃喃着，"死别，应该比生离要好一点儿吧。"

来之前，陆湉只知道是来贺卓山参与一个手术。

可是进了医院，那群人在她手上戴上这个圆环炸弹她才知道是什么事情。其实也没多难，只要他们肯答应完成这个手术就成。

不过她还是很诧异的，贺东明居然会有这么大的权力调动中星首脑会下面的医疗部门，还这么明目张胆地用生命来威胁他们。

有人送来手术资料。

陆湉一页一页看得很慢。

供体是七襄，进行器官移植。而受体好像是很多年前受到过什么辐射，导致身体里的器官急速衰老病变。

这种情况下还能活到现在，贺东明应该也花了不少力气。

可是把一个人的器官全部移到另外一个人身上，即便是以目前的医疗技术也无法解决排斥反应。

陆浠皱着眉，资料越翻越快，资料上显示的七襄和那个女孩儿各项血液元素居然基本是完全相同的。

就好像复制出来的一样……

克隆？不对。陆浠心里微沉，有一种说不出来的难受。看着外面走廊上人群流动，他们推着七襄进了手术室了。

旁边的小助理催促道："陆医生，供体已经送到了。"

陆浠收起资料，点了点头。

所以，谢沉渊要救的人，根本就不是什么人。

像是一个培养皿，在很久以前就被取出来所有的器官，剩一个躯壳，然后在她的体内为那个女孩儿量身培养出所有的器官。

所谓人造人，就是如此。

12. 再生

术前准备工作进行得很烦琐。

陆湉从配药室出来的时候，瞥见了手术室旁边的一个房间，是手术监测室。一般是在手术的时候给一些资历很深的老医生进行指导，又或者供年轻的医生学习用的地方。而此时里面站着一个男人，个子很高，一身黑色的风衣。

陆湉只能看到他的侧脸，凌厉的轮廓、阴鸷的眼神让人心里有一种莫名的怵然。而这种感觉，却让她有点儿似曾相识的感觉。

好像……在哪里见过。

有人敲门，然后进去，说："贺先生，夫人……已经送到了。"

手术室里有两个并排的手术台，一张床上是供体七襄，而另外一张床现在还是空的。

尽管心里有所准备，也不是什么没见过异形的人，可是那人被推进来的时候，陆湉心里还是不由得顿了一下，一旁的小助理已经惊呼了出来。

病床上躺着的人是一个姑娘，脸被遮了起来，而露在外面的地方，从脖子开始，腐烂的血肉顺着蔓延到腿上，像是受过什么生化药物的腐蚀一样，有些地方甚至能看见血肉之下的白骨。而她手指也是不完整的，甚至已经没有可以戴戒指的那根手指，像是刻意弄断的一样。

手术室一瞬间陷入一种诡异的寂静之中。

不知道过了多久，单面玻璃的另一面传来声音，像是落入深水的一枚炸弹。男人说："让她醒过来。"

是刚刚那个男人，贺先生。

贺家延续至今，这一代有一对兄弟。弟弟叫贺西庚，据说在十年前的一场意外中遇害惨死。

而剩下的一个，应该就是此时站在玻璃的另一面看着她们的男人了——贺东明。

所以，这里躺着的受体，就是他的未婚妻了？

陆湉心里疑惑。贺东明那边却开口了，半是恐吓半是威胁："怎么，嫌时间太充裕了？"

有人从惊吓过度中回过神来，开始慌忙不堪地准备药剂，一种强行续命的药。一般是要死的人才会使用，而药效过完就是必死无疑。

陆湉走过去，接过手示意她来。动什么大手脚还不至于，外行眼皮子底下，只能通过控制剂量来逃过药物致死的毒性了。

透明的针尖刺进七襄的手臂里，然后在里面融化。短短的一分钟而已，只见她手指微动，表情痛苦地睁开眼。

陆湉这才看清她的瞳色，是异瞳。怪不得……陆湉大概记起来她是谁了。

"醒了吧。"贺东明漫不经心等着看好戏的语气传过来，"有点儿疼，你怕是要忍一下了。"

七襄眼里没有任何波澜，除了刚醒过来的时候下意识疼痛的表情，到现在再也没在她脸上看到过其他的表情，像是一个娃娃。

她说："好。"

好？

陆湉心里有点儿气，谢沉渊正在拼命赶来救人的路上，这人怎么就能这么坦然地接受死呢？

"那就开始吧。"贺东明一声令下。

陆湉索性破罐子破摔，赌贺东明也不会真拿他们怎么样，说："贺先生。"

所有人都停下了手里的动作。

忽然而至的静默让整个手术室的空气都变得有点儿压抑。有人小声提醒，生怕陆湉做出什么出格的事情："陆医生……"

陆湉没理，转过身看着另一张床的受体，继续说："这个人……已经死了不是吗？"

只见七襄的手指下意识地僵了一下，在陆湉说完之后又恢复如常。

在场的任何一个医生都能看出来，这个受体在被推进来的那一刻已经毫无生命体征了，只是他们不敢说而已。

毕竟每个人手上都有炸弹，不管做什么只要顺着贺东明的意思就好，这样才能保命。现在陆湉直接说穿了，每个人看她的眼神都透着点儿恐惧。

怎么，该怕的人难道是她吗?

那边沉默了一会儿，并不觉得这是什么奇怪的事情，说:“那又怎样?”

贺东明想做的本来就是让七襄亲眼看着自己身体里的器官被掏出来。他在惩罚她，用身体的痛苦与精神的绝望一同折磨她。

陆湉大概能猜到，她笑了笑:“活着的人会死，死了的人也救不活，我们怕是跟杀人没什么两样了。你要雇人杀人的话，比我们合适的人选要多得多是吧?”

“呵呵……”贺东明似乎觉得有趣极了，过了许久才缓缓说道，“陆湉，不管是杀人还是救人，没人比你更合适了吧。”

陆湉愣了一下，不过也就是短短的一瞬间而已，随即又恢复漫不经心的语气，“那是以前。现在不行了，杀个人心里过不去，得难受一辈子。”

“那要是我杀了‘他’呢?”

尽管知道贺东明说的不是那个人，陆湉心口还是莫名紧了一下。

贺东明继续说:“在江两意临死之前再插他一刀，告诉他因为陆湉不肯救你，我就只好杀了你。”

陆湉头都大了一圈，所以刚刚江两意是不放心她跟了过来，然后就被抓住了？

这个人，屁用没一个，拖起后腿来可以说是毫不含糊。

"好吧。"陆湉妥协了，言归正传，一瞬间好像换了一个人似的，"不知道贺先生有没有听说过再生人。"

整个手术室一阵倒吸凉气的声音，他们不知道陆湉要做什么，可是也不敢说话。只见两间屋子隔着的那面墙像是融化的冰块一样，褪去了遮挡，只剩下一面透明的玻璃墙。

而玻璃墙的另一面，是坐在那里的贺东明，宛如高高在上的王。他微眯着眼睛，并没有从他脸上看到什么失去挚爱的悲痛感，反而是好奇而又审视地打量着陆湉，说："果然是你？"

陆湉心里觉得奇怪，也没能明白这句话是什么意思。

她垂着头，笑笑，说："你以七襄的身体作为培养皿，制造出一个完全和那个人一样的身体内部系统，那么反过来的话，我可以用这个系统，再生还原出一个你要的人。"

陆湉对上贺东明的眼睛。其实她是骗人的，这种技术虽然有人提出来，但是根本就没有实验过。

令人窒息的寂静压着空气也变得厚重起来，陆湉觉得自己可能坚持不了多大一会儿就要露馅儿了，却听见贺东明说了声"好"。

"这么信我？"

"当然。"贺东明十分有兴致的样子，语气玩味，"你可是陆湉。"

话音落下的一瞬间，陆湉只觉得手腕上越来越紧，几乎要勒进骨头里一般的感觉。

她低头瞥了一眼，只见刚刚还如同镯子一样戴在手腕的炸弹，却忽然化成了水一样，融进了皮肤、渗入了骨骼，只留下表面一圈红色的线。

这是什么意思?

贺东明眼里有一团兴奋到几乎变态的光，说："血液炸弹，融进皮肤血液骨髓里的东西，第一次用没什么经验，但是，让它爆炸还是可以的。我给你三个月的时间，她要是没有办法活过来，你就一起去陪葬。"

这样。

陆湉笑笑，没有任何畏惧，说："好啊。"

没什么好怕的啊，本来就是自己往火坑里跳的。

13. 暗影杀手

江两意醒过来的时候也不知道到底是怎么回事，只记得陆湉被一群看起来就不怎么正常的人带走了，而自己明明跟在陆湉的后面想趁机救她的。结果莫名其妙出现一群人，话没出口就电晕了他，导致他现在身体上还一阵阵酥麻的。

好弱。

阵阵阴风从脸上刮过来，带着一股化学制剂的味道。

他回忆完了之后猛地坐起来，周围黑漆漆的，什么也看不见，触手可及的都是冰冷的墙壁，好像是被关在一个盒子里一样。

我的天啊，不会死了吧？

他记得以前听陆湉恐吓过他，说人变成植物人之后，只是身体不能动弹，意识还是清醒的。

江两意觉得就是自己现在这样，完了，他觉得自己已经死了。

就在他思索了很久决定坦然接受事实，然后等陆湉医术飞速进步后来救活他的时候，忽然，啪的一声，盒子被打开了。

刺眼的光照进来，江两意伸手一挡，于是光透过指缝变成淡淡的红色，他终于看清眼前人的脸。

江两意长舒一口气："我的妈啊顾鹊桥，你终于来啦！"

顾鹊桥是江两意背着谢沉渊偷偷带过来的，主要是因为这样的大场合，他一个高贵的王子，怎么能不带女伴呢？

而且顾鹊桥已经被关在谢沉渊家里一个月了，他心疼，加上顾鹊桥不断乞求，他就带她出来了。

所以之前在飞行器上谢沉渊问他顾鹊桥在哪里的时候，他差点儿没把自己的舌头给咬断。

还好谢沉渊没有注意到。

而且家里的监控是他事先准备好的，在谢沉渊打开监控的时候偷梁换柱，换成他准备的那段视频。

任凭谢沉渊为了保护顾鹊桥千防万防，依旧家贼难防。

顾鹊桥跟他拍手击掌，说："我厉害吧！"

江两意的封嘴器这个时候已经过时效了，他从来没有觉得说话是一件这么畅快的事情："你怎么知道我在这里？"

顾鹊桥小声说："本来我照你的吩咐躲在人群里，等谢沉渊走了再出来，可是回过头来就看见你被电晕了，我就跟过来啦！"

"没人发现你吧？"

"肯定啊。"顾鹊桥得意扬扬，"我运气可好了，摸索着进来的地方都没什么人。"

"嘿嘿……"江两意心里尴尬得不行，自己跟踪被电晕，人家顾鹊桥却一路平安地跟过来还救了他。

他拉住顾鹊桥："还记得怎么出去吗？我们现在得先去找陆湉。"

"不找谢沉渊吗？"

"你想他啊？"江两意从盒子里跳出来，"鬼知道他跑到哪里去了，要不是他莫名其妙不见，我们至于这样？"他越说越愤慨，"我们就得待会儿救了陆湉出来，然后再告诉谢沉渊，让他后悔死并对我们感恩戴德多亏我们救了陆湉。"

"也是。"顾鹊桥若有所思地点点头。

顾鹊桥果然是找了一条好路。

江两意想着这个地方再怎么说也必须戒备森严，可是一路出来没有任何危险，反倒是自己吓自己了。

两人顺利地到达医院正门的某个墙缝里躲起来，江两意看着外面人来人往，问："你说陆湉会被带到哪里？"

顾鹊桥说："应该在手术室，我来的时候看见有个人被推进去了，想着得先找你，就没跟上去，可就是觉得怪怪的。"

"那我们现在去手术室？"江两意说，"可是手术室在哪儿？"

顾鹊桥想了想，看着前面，偏着头，眼神有点儿迷茫，说："我好像知道。"

然后，两人再一次躲躲藏藏、畏畏缩缩地行动了。

手术室里的手术已经中止了。

陆湉给七襄注射了药物，使她暂时昏了过去，同时将纳米追踪器注进了她的皮肤里，可以让谢沉渊找到这里。

贺东明派人将七襄带走了。

其余的医生手上的圆环也被取了下来，贺东明还给了每人巨额的报酬，并安排人送他们回去。

到陆湉的时候，贺东明说："只要任务完成，我会给你任何你想要的东西。"

陆湉笑笑："那你可得准备好了，不管是金钱还是地位，我一向狮子大开口，看上的可多了。"

贺东明勾起嘴角："难道你想要的不是可以去北落师门的权利？"

陆湉心里有一种忽然脚下一滑掉进万丈深渊的感觉。

她淡定地说："有必要吗？"

突然，整栋楼的报警器响了起来。

谢沉渊？

陆湉看向贺东明。

对方不慌不忙，依旧是那副一切都在他意料之中的表情，说："来的人……是个好玩儿的人吧？"说完，便有十几个黑衣人从屋子的各个角落冒出来。

陆湉还没反应过来，那群人又变成影子，像水一样顺着门缝滑了出去。

这些……都是什么？

"暗影杀手，不见血就不会停。"贺东明笑笑，似乎等待看一场好戏一样坐下来，"既然来的不是什么普通人，肯定要好好招待了。"

陆湉忽然觉得她面前这个人实在是太可怕了，不管是她身体里的炸弹还是这什么暗影杀手，都是她从来没有见过也没有听过的东西。

所以，贺东明到底是什么人？

14. 出逃

谢沉渊赶来得不早不晚，在七襄被推到冷藏箱进行躯体冷冻的一瞬间，他从天窗上翻了下来。

几个医生并不难对付，只是在他碰上七襄的那一刻，警报器忽然响了。

短短几秒钟的时间，数道黑影如同凌厉的剑朝他刺过来，他躲闪的时候对方已经换成了人形。

面无表情，嗜血的眼神，狠戾的动作，每一招都是毫不犹豫要置人于死地般的惨绝。

根本不像是人类。

饶是身手再好，谢沉渊现在一面护着七襄，一面对付这十几个人也是力不从心。而且他们太难缠了，永远不知道下一个人会从哪个角落出来。

仿佛有影子的地方，就有他们。

谢沉渊的目光扫过周围的地势，顺着来的地方回去已经是不可能了，只能朝着后面退去。

直到退到一个走廊的分叉口，两边都是自动的玻璃门。谢沉渊扶着昏迷的七襄，看了她一眼，用足了力气将她朝左边的门里推进去，而自己借着反冲力跑进右边的门。

等到那些黑影人跟着冲进右边的门的时候，谢沉渊跳起来借着墙上的悬挂物，脚蹬上墙壁，借力在他们冲进来的一瞬间反身从上方翻出来，一脚踢在最外面的人身上，于是保龄球一般，他们人压人倒在一起撞在了墙上。

而这个时候谢沉渊已经冲进了另外一扇门，进去的一刹那，他惊讶一声："江两意？！"

江两意抱着七襄，露出一个格外帅气的眼神，说："小哥我来了！"

帅不过三秒，他背后忽然一道黑影袭来，谢沉渊立马上前一脚将他踢开，替他挡下了那个人。

江两意嗷嗷叫："谢沉渊你大爷，我好歹来帮你的，你把我弄伤了你可少了个主心骨。"

"带她走。"谢沉渊懒得跟他说话。

江两意终于意识到事情的严重性，腾地跳起来，疼痛的肩膀都没有来得及揉，扶起七襄就往前边跑。

　　谢沉渊殿后，一手一个，很明显比刚刚要游刃有余得多，不过奇怪的是，这群人似乎感受不到疼痛，哪怕是折断了手也会立马爬起来继续打，这样下去迟早消耗完他的体力。

　　"喂，顾鹊桥你去哪儿？"江两意的声音传来。

　　谢沉渊心一沉，只见一道瘦弱却坚定的身影站在他的前面。

　　顾鹊桥拿着刀，毫不犹豫地划开自己的手心，然后紧紧闭着眼睛伸出手，鲜血一滴一滴地汇流成线。

　　下一刻，毫无章法扑过来的黑影在接触到血的那一刻开始腐烂，化作一堆宛如尸块般的鲜红色肉泥，令人作呕。

　　顾鹊桥稍稍睁开眼，怕自己血不够准备再照着自己胳膊来一刀的时候却被人按住了手。

　　谢沉渊拧着眉，没有任何表情地拿走她手上的刀，划在了自己的手上。

　　地上的血泥越来越多，甚至发出一种绞肉般的声音。

　　顾鹊桥只觉得胃里一阵恶心，一双手却按住了她的后脑勺儿，谢沉渊将她带进了自己的怀里。

　　顾鹊桥这会儿不怕睁眼了，眼睛尽量往大了睁，看着谢沉渊的胸口，脸红成一片。

　　那里没有别的声音，只有心跳声。

等顾鹊桥回过神来的时候，他们几个人已经到了医院外面安全的地方。

江两意一口气舒了一半，似乎才看清怀里的人。

"这是谁啊请问，陆湉呢？"他咋呼完，才发现谢沉渊一路出来都是没有说话的，凌厉的视线一直盯着顾鹊桥。

完了，该不会是要怪他把顾鹊桥带出来了吧？可是他们刚刚很明显是靠着顾鹊桥得救的啊！

顾鹊桥这会儿还沉浸在刚刚忽如其来的身体接触上，对上谢沉渊的目光也是立马就怂了，说："我……我不是故意不听你的话好好待在家里的，是因为……实在是太闷了就……出来玩一下，我也不知道……"

"你怎么知道？"谢沉渊忽然开口。

顾鹊桥瞬间忘了自己在说什么，她一脸迷惘："什么？"

"血。"谢沉渊说话的声音有点儿喘，目光凝重地看着她的手。

原来是这个啊，顾鹊桥笑："因为……"

因为什么呢？顾鹊桥愣住了，好像本来就是知道的。

她说："因为……他们是暗影杀手啊，有光的地方不死不灭，唯一的方法就是见血了。"

她抬起头看谢沉渊的一瞬间他却垂了眸，走过来拉起她的手，不知道什么时候拿出了药和绷带，替她包扎伤口。

谢沉渊的手可真凉啊，连着心头也有一种酥酥的凉意。

顾鹊桥看着他的手，喃喃自语般："对付你这种很厉害的人，他们会采用体力消耗战术。因为暗影杀手不是人类不需要介意体力问题，而你不一样。他们论实力不如你，论体力绰绰有余。不过一段程序再怎么也会存在 bug。他们不带武器，三脚猫功夫不会让你受伤流血。这么一来，就可以把见血死作为自己的弱点了。"

"哇，小鹊你这么聪明？"江两意在一旁感叹。

不过顾鹊桥像是没有听见一样，等不到谢沉渊开口，低着头像是犯错了的小孩子，说："谢沉渊，你是不是在怀疑我？"

谢沉渊眉心皱得很深，处理好顾鹊桥的伤，还没有来得及说话就被江两意打断了："喂，我说你这人怎么见不得别人好呢？暗影杀手这种东西知道也不足为奇啊，我以前也遇到过。这只不过是你见识少而已，干吗疑神疑鬼的？"

江两意莫名其妙的愤慨打断了谢沉渊的话，所以现在他即便不回答顾鹊桥的问题也没什么问题。

谢沉渊沉默了一会儿，说："你们先回去。"

"那你呢？"江两意问。

"我找陆湉。"谢沉渊说完看了顾鹊桥一眼，随即转身又往医院走去。

而顾鹊桥站在那里许久，像是一只被骂完的小狗一样，耷拉着头，完全没了一开始的兴致。

她回头看着那个被他们救出来的女孩子，真好看啊，陆湉也好看，所以谢沉渊根本看不见她吧。

所以根本就是没有办法的事情啊。

江两意见顾鹊桥怏怏的，说："哎，你别跟他见识啦，谢沉渊当警察当惯了，看谁都不顺眼要审问一番。"

顾鹊桥笑，似乎在很努力地说服自己："没事啊，反正不就仗着我不跟他见识不记仇。"

"那我们赶紧走吧。"江两意说着，走了一步又停下来，看了看还靠在树上的七襄，"可是谢沉渊也没说，我们现在怎么出去啊，带着这么大一个人，过星检的时候肯定会被查出来的吧？"

顾鹊桥和江两意并排站在一起，学着江两意的样子摩挲着下巴："是啊……怎么办呢？"

瞳孔里一圈光晕，顾鹊桥看着不远处的那座城堡，银白色的光，远远望去像是一轮月亮，而前面那条水晶路，就像是闪烁的星辰一般。

她忽然想到什么，说："我有办法了！"

谢沉渊刚走到医院门口，就看见陆湉安然无恙地出来了。她站在门口，笑嘻嘻地朝他打招呼："你来得也太晚了吧。"

"没事？"谢沉渊问得极其不走心。

陆湉也懒得跟他一般见识："能有什么事啊？"她走过来，伸了个懒腰，"人都被你救跑啦，我们总不能对着空气做手术吧？所以就各自遣回去了呗。"

"贺东明肯放？"

陆湉没来得及回答，远处忽然传来一阵巨大的爆炸声，是那座城堡的方向，连着六千多颗水晶组成的路，一起被炸毁。

一瞬间火光冲天，蜿蜿蜒蜒，像是一条燃烧着的红色的溪流。

整颗星球响起刺耳的警报声，所有人都陷入了恐慌中，一瞬间，从地面升起的飞行器在夜晚的天空里像是飞起来的萤火虫。

陆湉有些失神，说："正好，免得出星球被查，你在贺东明眼皮底下带走一个人，若被抓住，可不会善罢甘休了。"

谢沉渊抿嘴笑笑，满脸都写着心事重重。

"快走啦，待会儿就走不了了。"陆湉拉着谢沉渊，也没让他看见自己手上的红线，还有眼里一闪而过的落寞。

其实，贺东明放她走的时候，她问过贺东明："你为什么不追下去？"

贺东明笑笑，洞悉一切的眼神，说："你说七襄吗，她会回来的。"

"为什么？"

"没有为什么。"贺东明说完，嘴角勾起一丝笑，眼睛里却是瘆人的冰冷。

七襄是贺家的杀手，必须服从贺家所有的命令，哪怕给她的任务是杀了自己，她也必须毫不犹豫地挖出自己的心脏。

所以不管是谁，能救出她的人，也救不了她的心。

毕竟她已经没有心了。

以　星　辰　为　名

第四章

遥望极辰，天晓月移

15. 极辰

一行人回了陆湉的空间站。

而贺卓山的婚礼也以一场意外爆炸收尾。星际新闻说贺家正在彻查作案者。

两名作案者此时一脸纯良市民的样子坐在电视前。顾鹊桥小声说："我也没想到会爆炸啊，我不就是点了个火吗……"

江两意说："没关系，贺东明找不到我这里来的，真找到了你就说小孩子放野火,完全是意外,实在不行你就推给我,我好歹一星王子,我爸跟贺东明爸是世交，我们小时候还有过一起玩耍的交情，所以贺东明应该不会怎样……"说完，有些底气不足，又补充了个"吧"。

顾鹊桥十分不信，说："贺东明没那么蠢吧……"

这时，谢沉渊和陆湉从病房里出来。

顾鹊桥马上住了嘴，想越过谢沉渊的肩膀往里看看那女孩儿的情况，却不小心又对上谢沉渊的目光，一时之间不知道要看哪里了。

倒是江两意跟失忆一样完全忘记自己做了什么，兴冲冲地问："喂，小美女，大美女怎么样了？"

"？"陆湉反手一本医书扔到江两意脸上，趁机煽风点火，"你现在可别得意了，别以为你干的那些事就这么算了，说，谁准你带顾鹊桥乱跑的？"

江两意喉咙一哽，小心翼翼地看了谢沉渊一眼，谢沉渊环着手靠坐在桌子上，正在看顾鹊桥呢。

江两意立马出卖小女孩儿，谢沉渊这个暴风雨就让顾鹊桥独自面对吧！他一把拉着陆湉冲出房间，边拉边试图堵她的嘴，说："你别说啦，你再说谢沉渊待会儿杀了我，你就没朋友了。"

陆湉甩了半天才甩开这个牛皮糖："谁跟你是朋友了？"

江两意试图正经点儿来缓解自己的窘迫，问："那……那女孩儿怎么样了？"

陆湉觉得江两意这个人对谁都有点儿关心过头了，十分没好气地回了句："还没醒。"

其实，怎么样她也说不准。

不过有一点十分奇怪，七襄的身体机能和正常人有点儿不一样，或者说，比起人类她更像是一个机器人。可是血液、器官、身体构造之类又完全是人类的样子。

不过，那双眼睛……谢沉渊说很确定很久以前见到的七襄是天然的异瞳。

但是现在，七襄那只白色的眼睛却是被挖出来之后植入的电子眼，就如同人体的心脏一般掌管着她整个身体机能的运行。

精密复杂的程度连谢沉渊也无从下手，她就更是一头雾水了。

不过后来两人合力，费尽脑力才找到一处程序 bug，似乎是身体受损引起的，所以要使七襄痊愈也只能冒险修复那处 bug。

只是，不知道会对七襄产生什么影响，所以，现在只有等七襄醒过来再说。

陆湉正准备去干正事，走了两步想起什么来，问江两意："你刚刚说，你以前跟贺东明有过交集？"

江两意反应了一下，说："是啊，小时候见过一次。"

"那……你觉得他是个什么样的人呢？"

江两意回忆了一下，说："很好的一个大哥哥啊，沉稳睿智，就算生气也是很隐忍的，会让人很安心的那种感觉。"

　　陆湉很绝望地看了江两意一眼，这种宛如小孩子一样的评价是怎么回事？于是问："你那个时候几岁？三岁？"

　　江两意愣了一下，摇摇摆摆的日光在他脸上镀上了一层阴影。陆湉从来没有听过江两意这种语气，仿佛积淀了无数的痛苦一般，说："五岁，我姐姐死的那一年，我五岁。"随后又笑开，"不过我也记不清啦。他那个时候还有一个弟弟，两人长得一模一样，我也记不清谁是谁了。"

　　房间里，顾鹊桥坐在凳子上，如坐针毡，后来没辙了，说："我知道我错啦，不该到处乱跑。"

　　"我有说这个吗？"谢沉渊本来处理完七襄的伤就已经很累了，这会儿却忽然很想笑，怎么她现在这么尿？当初在那些暗影杀手面前可是非常了不起的。

　　顾鹊桥就是尿，继续认错："我真的没有想起来什么事，贺卓山的事我也不记得了，可能是最近过得太惬意了，把重要的事情全部抛在脑后啦。"

　　"顾鹊桥。"

　　"哎！"

　　"你很怕我吗？"谢沉渊问。

顾鹊桥绷直了背，这个问题该怎么回答呢？要说不怕的话，这个人肯定觉得自己没有威严了。要说怕的话，肯定又会被问我有那么可怕吗？

唉……可真够为难的。于是，顾鹊桥反问："那你喜欢我吗？"

这个问题倒把谢沉渊给问愣住了。

顾鹊桥慌忙解释："你不要多想啊，我说的喜欢就是……讨不讨厌的意思。"

"不讨厌就是喜欢吗？"

顾鹊桥想了想："差不多吧，爱恨不就一瞬间吗！"

谢沉渊笑起来，却没有回答她的问题，说："谢谢你。"

谢谢你是什么意思啊……顾鹊桥心沉了一下，该不会是谢谢你，但我不喜欢你吧……

谢沉渊压根儿想不到顾鹊桥在想什么，继续说："在贺卓山的时候，谢谢你。"

"嗯？"

"我没有怀疑你。"

顾鹊桥终于明白过来了，一直装着忘记了的样子不敢提起来，还生怕谢沉渊一不小心记起来然后继续追问她。现在他不计较了，她觉得自己忽然又有点儿委屈了，说"可你那个时候看我的样子，就是……

很怀疑我。"说完又忽然抬起头，一副英勇就义的样子，"所以你不用照顾我的感受，本来就没什么问题，毕竟我自己都有点儿怀疑自己了，你怀疑我也是应该的……"

"可我不相信你的话，怎么确定你接下来的每句话是真是假呢？"谢沉渊很无奈，手指揉着眉心。

顾鹊桥觉得他这种有些疲惫的样子有点儿迷人，甚至有点儿心动，说："那你就是无条件相信我哦……"说完又说，"那里面的女孩子……"

谢沉渊回头往里面看了一眼，不明白怎么忽然提到七襄了。

顾鹊桥说："我觉得她真好看。"

"……"谢沉渊叹气，觉得顾鹊桥把江两意痞的那一套全学来了，"要说什么就说吧。"

"没什么……"顾鹊桥低下头，犹豫了很久还是问了，"是不是不管是谁，你都不会见死不救，甚至冒着危险去救她……"

谢沉渊忽然沉默了，他并没有注意到这个问题。可是仔细想了想，顾鹊桥好像说得也没错。

他看了眼门，起身走过去，顾鹊桥还没明白过来怎么一回事，只见他一把拉开门，外面两个人叠罗汉一般扑了进来。

顾鹊桥吓了一跳，问："你们……"

"我们错了，我们不该在外面追逐打闹。"江两意迅速开口，根据刚刚顾鹊桥的表现，总之对着谢沉渊先认错就是了。

可是很明显这件事是因人而异的，江两意捂都没来得及捂住自己的嘴，又中封嘴器了。

陆浠在旁边笑得特别开怀，完了喘了半天气，把几人赶出去，说："你们去外面等我，我得给人做检查了，谢沉渊估计也得休息一下。"

顾鹊桥最乖，站起来又看了谢沉渊一眼，有点儿希望落空的感觉。

谢沉渊这边已经提着江两意往外走了。顾鹊桥出门的时候，陆浠叫住了她，眨眨眼，说："放心吧，谢沉渊不是谁都会救的，还是因人而异啦，至于七襄不过是顺手而已。"

"啊！"顾鹊桥愣了一下，脸红红的。

16. 苏醒

安全起见，谢沉渊让江两意带着顾鹊桥回地球，而自己因为有任务在身，暂时还要在这里留一段时间。

走的时候，谢沉渊可以说是千叮咛万嘱咐了，说："路上不能随便乱跑，到家后在我回来之前也不准出来，懂了吗？"

江两意行了个十分不正经的军礼，说："知道了知道了！"

顾鹊桥站在旁边，跟着做保证："我也知道了，我再也不会跟着江两意到处乱跑了，我和阿狗一起在家等你回来。"说完又问，"那你什么时候回来啊？"

"不确定。"谢沉渊并没有说自己要干什么。

而这个刚好是顾鹊桥十分想知道的，但她不敢问，只能诬陷江两意："可是江两意老诱惑我，你得赶紧回来啊，要不我经不起诱惑，又被他教唆干什么坏事去了。"

江两意头顶一道阴影，仿佛是背了一口锅一般。

怎么就怪到他身上了呢？可是能怎么办呢？既然是顾鹊桥给他的锅，他只能接好了，于是说："对，我老不正经了。"

谢沉渊看着两人，十分想打人，只能忍气吞声，说："不正经的话吊起来打他一顿就好了。"说完开始赶人，"赶紧回去吧。"

"哦……"

江两意拉着顾鹊桥上了船。

谢沉渊看着她的背影，很无奈，又很想笑，可是又不知道自己在笑什么。

病房里，七襄终于醒过来了。

陆湉看着她，等了一会儿，见她没反应，问："知道你现在在哪里吗？"

七襄坐起来，环视了周围一圈，应该是记起来发生什么事情了，所以一点儿也不奇怪自己现在的情况和处境，只是头有些痛，有些画面和声音在脑子里盘旋，像一团乱麻。

为什么会有这种从来都没有过的感觉？

七襄将这些异样压了下去，表面依旧波澜不惊，格外平静地问："谢沉渊呢？"

"你就这么确定是他救的你呀？"

七襄只是想确定谢沉渊的安危，而陆湉的反应也告诉她答案了，所以就换了话题，目光落在陆湉的手腕上。她说："你骗了他，他会杀了你。"

陆湉举起手，露出手腕上的红线："你说这个啊。"她笑了笑，压根儿不在意，"有点儿奇怪，你都知道我是骗人的，为什么他会相信呢？"

"因为这是他唯一的希望了。"

"是吗？"陆湉给她倒了一杯水，意味深长地说，"可是那天躺在那里的人，并不是贺东明的未婚妻吧？"

七襄愣了一下，开始认真地看着眼前这个穿白色衣服的普通医生。

陆湉笑了笑，继续说："她身上之所以有那么多腐烂的地方，不过是你为了掩盖她易过容的事实，接口烂掉就看不出来是接口了。"

"你很聪明。"

"比不过你。"陆湉说，"所以你也骗了他不是吗？为什么？"

"我以为你会比较担心你自己。"七襄喃喃，"贺家的事与你无关，你本来可以不用管的。"

"事情都已经到这个地步了，说这个还有什么用呢？路都是自己走出来的，前面是什么样没人能够左右，要做的就是走下去。"陆湉倒是很淡然，给七襄的水她不要，就索性自己喝了，"我跟谢沉渊始终在一条路上，他要救你，我便不能坐视不理。只不过既然你知道我们冒着这么大的危险救你出来，就不该再做回去的打算了。"

她还记得贺东明说的话，七襄一定会回去的。而现在的七襄看起来也确实有这个打算，七襄一把拆下装在自己身上的电子仪器和各种颜色的导线，站起来说："陆湉，我的路只有这一条。"

"我是贺家的人，便始终是贺家的人，这是我之所以会存在的原因。就像你为一个人而活一样，我活着不过是为了给贺家做事，任何事。完成不了受到惩罚也是应该的。"

"那当年谢沉渊对你的救命之恩呢？"

"谢沉渊救出来的那个我已经死了。"七襄眼神渐空，"所以现在他可以不用管我会怎么样，你也是。"

陆湉叹气："你太低估人与人之间的羁绊了。"

"人吗？"七襄走过去，语气里藏着不易察觉的一声叹息，"我好像已经很久没有过当人的感觉了。"

话音一落，陆湉只觉得脖子上一凉，她不知道七襄对她做了什么，只能听到七襄的声音越来越远："陆湉，我会救你，送你去见想见的人，但不是现在。"

病房的门被推开，谢沉渊的手还搁在门把上，眸光凌厉，盯着七襄："你做什么？"

七襄不缓不急地将陆湉轻轻放到地上，然后站起来："谢沉渊，好好照顾她。"说完转身从窗口跳了出去。

谢沉渊冲过去的时候已经来不及了，像是早就计划好的，有人在外面接她。而此时七襄连人带机已经化成宇宙间的一道星点，消失不见了。

"陆湉？"谢沉渊回头去看地上的人。

他将陆湉抱到床上，大致检查了一下，并没有明显的问题，可是，他这才看见陆湉手腕上的红线。

这是什么？

17. 险生

江两意在回去的路上，很明显地注意到了副驾驶上顾鹊桥情绪的低落。

"喂……"江两意喊她，"你没事吧？"

"没事，就是有点儿头疼。"顾鹊桥皱着眉，脑海里一闪一闪的不知道是什么东西，总觉得有什么要呼之欲出，可是又是一团空，"好像有什么东西要来……"

"什么？"

江两意没听清，回过神来的时候前面一架黑色的巨型飞行器朝着他撞过来。

极短的反应时间，江两意无暇去顾及顾鹊桥此时空洞无神的眼睛。他猛地调整了方向，有惊无险擦肩而过，可是程序受到磁场的影响已经失去了控制。

而后面那架飞行器又转了方向，朝着他们追过来。

"江两意！"顾鹊桥回过神来，忽然叫起来。

已经失去控制的飞行器正朝着一片宇宙碎片冲过去，眼看着就要撞上了，飞行器依旧没有办法控制。江两意唯一的反应就是闭上眼睛等死了。

苍天做证，他除了会用计算机迅速破解任何一样数据程序之外，其他的真的就很不擅长了。

可是，能等死吗？

一个人可以等死，顾鹊桥在身边就不能等死，他得保护她！江两意猛地睁开眼，准备一鼓作气拼尽全力的时候，顾鹊桥却已经扑了过来，手速飞快地调整了飞行器的运行轨道，以一个极其惊险的角度从前后夹击中脱险而出。

可是没完，那两架飞行器依旧穷追不舍，无奈，顾鹊桥皱眉，操作着飞行器尽量不让其遭到破坏，最后只能被逼到了一个就近的行星。

可是因为速度过快而产生巨大的冲力导致飞行器在地面滑了很长一段距离也停不下来，最后撞上一个石丘。顾鹊桥的头也狠狠地撞上了仪器。

"顾鹊桥！"

江两意倒是没什么事情，他扶起顾鹊桥，她的血从额角流到了眼角，她缓缓睁开眼，一脸迷糊地想揉揉头却被江两意捉住了手。

可是他现在也不知道该怎么办，心里不仅沉浸在忽然被追杀的恐惧中，还有刚刚那一刻的顾鹊桥，真的很不像他认识的顾鹊桥了。

眼神凌厉、操作熟练，像是经历过无数次这种情况的战士。

"好疼啊……"顾鹊桥呢喃着。

江两意才回过神，慌忙又笨拙地给她处理了伤口，沾了自己一身的血。

飞行器外。

敌人的飞行器追了上来，从上面下来两个男人，黑色的战争衣，蒙着半张脸，戴着战斗专用墨镜，手里拿着最新型号的追捕抢。

"江两意，"顾鹊桥也看见了，"如果是来抓我的，你就直接把我丢出去吧，他们不会为难你的。"

江两意笑笑，说："不行，说不定是以前我们抓过的漏网之鱼，来报复我的呢！也有可能是看见我贵族王子的身份，来抢劫的。"

顾鹊桥扯着嘴角，不知道是在哭还是在笑。

江两意拍了拍顾鹊桥的手，说："放心吧，我好歹是个男生，虽然没有谢沉渊那么厉害，可也会保护你的。"

江两意说着，打开飞行器的门，手撑着机舱门跳了出去，那一瞬间，他布下一道极其精密的密码墙，像是一个金刚罩一般，应该能撑一会儿。

江两意朝着里面的顾鹊桥眨了眨眼，留下一个自认为无比帅气的背影，朝着那两人走过去。

江两意知道自己撑不了多久，可没想到自己居然这么不经打。对方两招就把他撂在地上，可他本来也没打算打败他俩，他只是需要拖时间，拖到谢沉渊来就好了。

江两意趴在地上，透过被揍肿的眼睛看着自己的飞行器，还好，安然无恙。

放心下来的时候，一阵金属插进皮肤的声音传来，随后背上一阵刺痛，他仰起下巴狠狠地咬着牙，额角的青筋鼓起来。作为男人，即使被打倒在地，也不会屈服于疼痛。他是无论如何，也不会叫出来的。

又是一刀刺进侧腹，江两意只觉得眼前忽然一片白光。而白光里，他似乎看见了顾鹊桥从飞行器里出来了，她站在机舱上，手里拿着枪，马尾随着风荡起来，然后是扣动扳机的声音。

晕过去的前一秒，他看见自己眼前的一双脚，黑色干净的皮鞋，哪怕是这样尘土飞扬的荒星，也不见一粒灰尘。

他忽然想起很久以前，他也曾见过这样一双纤尘不染的鞋，那个时候他被藏在柜子里，看着那个人带走了他最重要的人。

可是他已经没有力气抬头看看是谁了。

江两意，你可真没用啊，你从来都保护不了任何人。心底的呐喊和意识一起，渐渐归于阒静。

18. 入狐口

谢沉渊是回到家里才发现江两意、顾鹊桥他们不在的，只有阿狗冲出来，朝着他汪汪叫了几声。恍然还能记得顾鹊桥看着他时的小表情，既期待又害怕的表情，说，我和阿狗一起等你回来啊。

可是现在人在哪儿？谢沉渊头一次觉得失措。

他转身朝外走去，信号联络器上并没有江两意发过来的任何消息，定位也是无从追寻。

无奈之下，他只能找到秦封年。秦封年应该有星际维和部每个人最隐秘的定位，以备不时之需。

谢沉渊第二次才打通秦封年的电话，那边声音状态听起来并不怎么好，开口第一句便是："陆湉怎么了？"

"很好。"谢沉渊现在无暇去想这些，"帮我查一下，江两意的位置。"

那边闷哼了两声，似乎在忍受极大的痛苦："出了什么事？"

　　谢沉渊才觉得自己好像有点儿太着急了，所以即便在秦封年接到电话的第一刻就察觉到异样，却没有问任何事情："对不起，秦封年，这件事以后再跟你解释，我现在得找到江两意。"

　　"我知道了。"秦封年说。

　　谢沉渊"嗯"了一声，说："你自己也别太让陆湉担心。"

　　"嗯。"秦封年轻笑一声，挂了电话。看着手上一圈红色的线，像是融进了皮肤里，他微微蹙眉，微不可察。

　　位置信息发过来得很快。

　　在宇宙中心站以北三千万光年的一颗无名荒星上。而这颗荒星，恰好是几个月前被"狐狸"夺走了能量石的地方，现在已经沦为一些宇宙海盗的临时落脚点。

　　果然还是"狐狸"？谢沉渊这么想的时候，心里有一块地方塌了一角，所以顾鹊桥她还是与"狐狸"有关的吧。

　　谢沉渊赶过去的时候，是地球上的白天，而这里一片黑暗。

　　阴风阵阵，空气里还有腐烂的尸体味道。

　　因为能量石被破坏，这里所有有关的生命体征都在消失，从植物到动物所需的各种生存条件，氧气、水、阳光，都在渐渐衰败，只剩下冰凉的空气，还有石块上结有白色的冰晶。

谢沉渊脚踩在地面的那一刻，甚至能感觉到来自地心的寒意。这个环境，地球人也许活不过十个小时。

谢沉渊看着信号器上的两个红色圆点，隔着并不远的距离。

此刻，他面前是一座山丘，借着隐隐的光似乎能看见大致的轮廓，应该是一道城墙，宛如小孩子用沙子堆砌的城堡一般。

谢沉渊眯了眯眼睛，按下耳边的纳米按钮，瞳孔上渐渐覆上一层夜视物质。

这时，他才看清城墙的最中心，那个被捆住了四肢绑在那里的人，全身是血，垂着头不知是死是活。

是江两意。

谢沉渊眸色越来越深，朝那边走过去。

风卷尘土，吹起他额前的碎发。

江两意抬起头见到他，宛如世界末日般，撕心裂肺地喊："走啊！"

谢沉渊，快走！这里埋有炸弹，不止一处！

谢沉渊没有走，朝着江两意的方向越跑越快，无所畏惧，在爆炸的那一刻甚至借着那股能量跳上了城墙。

江两意就在他的旁边，已经没什么力气说话了，只有断断续续的声音："快救、救顾鹊桥，我……"

谢沉渊没有任何表情，冰冷得如同雕塑。

他一言不发地破解了江两意手上的密码锁，右手、左手、右脚，再到左脚。

上空传来飞行器盘旋的声音。

是陆浥，她将救护绳放下来。谢沉渊将绳子捆在江两意身上，拍了拍他的脸，说："少说点儿话，等我们回来，不然的话我就炸了你们的星球。"

"谢……沉渊。"江两意泪眼蒙眬，甚至分不清是泪还是血，却被谢沉渊狠力一推。这一瞬间，城墙上的炸弹炸开，碎裂的石块砸到谢沉渊的腿上，甚至嵌进了骨子里。

"谢沉渊！"

陆浥驾驶着飞行器没有任何停留，收回绳子，一刻不停地从这个星球上消失。

谢沉渊闷哼了一声，拔了插进腿上的一片石块，然后拍拍手站起来，宛如毫发无损。其实也不是，不过是痛习惯了，就觉得这种程度的痛不算什么。

他拿出陆湉给他的生命检测仪，它能检测到这个星球上为数不多的活体生命反应，刚刚显示人类是六个，现在陆湉带走了江两意。

对方应该只有两个人，两个男人。而女人的生命特征此时很微弱，仿佛随时都会消失一般，应该是顾鹊桥。

谢沉渊沉眸，空气里残存着火药的味道还有一触即发的危险气息。

很明显，杀气最浓的地方，应该就是那两个人所在的地方了。

谢沉渊往前走去，面前是保存还很完好的一栋别墅。

推开门便是一个巨大的厅堂，精致的吊灯，洒满月光的窗棂，还有眼前这个镀满银光闪闪的东西的楼梯。

顾鹊桥应该就是被关在上面了，可是楼梯上布满了银色的丝线，像是一道经过精密计算的数据网。

照谢沉渊的经验，稍稍不小心，便是"牵一发而动全身"，要么是被迅速缠住手脚无法挣脱，要么就会引起整栋楼的爆炸。

而且，对方根本就不给他考虑的时间，已经开始行动了。

周围不断有暗器小刀飞过来，除了如蚊蝇一般纠缠不休外，甚至能发射电波扰乱人的大脑思绪，并且每一刀都朝着致命的地方划过。

谢沉渊刚刚应付爆炸已经消耗了一些体力，现在似乎有点儿吃力的感觉，行动上都不甚灵敏。

此刻，屏幕上淡淡的光照着两个黑衣男人的脸，还很年轻的脸。这两个黑衣人五官有几分相似，应该是兄弟，眼神和表情都冰冷得不像是这个年纪该有的，还有手上以及脖子处无数的刀疤和伤痕，大抵是经历过无数次战斗。

他们面无表情地盯着监控里谢沉渊的一举一动，将对方身手的反应度和敏捷度都转换成数据输入自己的脑部，然后迅速地做出专门对付敌方的招式。

这是人类完全做不到的，不过他们不一样，他们有一颗电子大脑。

在他们身后，一道锐利的视线宛如草原上的猎鹰，意味深长地看着屏幕上的人。男人叠着腿坐在凳子上，屋子里没有光，只有监控上一点淡淡的亮，照着他脚上的一块干净到纤尘不染的鞋面，而其余的地方宛如黑夜般神秘。

他笑着，声音似乎经过处理了，沙哑的电子音，说："既然来了，就连他一起杀了。"

有这个人陪葬，顾鹊桥应该会很喜欢吧。他微笑着站起身，一瞬间就从这个空间里消失了。

生命检测仪都检测不到的，存在于这里的第四人。

两个男人领命。

他们互相看了一眼，拿起桌上的追捕枪。

19. 同类

谢沉渊料到他们用不了多久就会出现。

不过，在看见他们的时候，他还是有些讶异——两个从动作到神态一模一样的人，像是工厂里流水线上生产出来的机器，可又有明显的生命体征证明他们是人类。

由此看来，对方一定是很不简单。

难得谢沉渊还留了点儿体力动真格，他侧着头看着那两人，问："有什么目的？"

"杀人。"

"杀了她做什么？"

"复命。"

可真是格式的回答，谢沉渊估计问不出来什么了，他遗憾地摇了摇头。

气氛忽变，一颗子弹破开风朝着他飞过来。

谢沉渊侧过头，只不过一瞬间的事，他收起了自己戏谑的表情，眼神立马凌厉起来。

看样子都是经过特殊训练的人，所以，他必须认真起来了。

可是很快谢沉渊便发现，从一开始只能不断地躲避子弹，到跟他们近手交战，他一直是处于防守状态的，他们好像永远知道他下一步要干什么。

他撑着栏杆踩上墙壁翻身跳过来，以声东击西从背后袭击，对方也能立马看穿，反身过来攻破。一枪射过来，他即便是做了防弹设施，可还是被巨大的冲力震出去好远。

谢沉渊扶着胸口靠着墙壁，擦了擦脸上的血，勾着半边嘴角笑："知道我要干什么？"

两人一起朝着这边走过来。

"看来是不知道了。"谢沉渊立马行动起来，如果能通过电波潜入他的大脑掌握他的想法，那么就让他们掌握吧。

而他想点儿别的就成。

果然，谢沉渊的动作已经毫无章法甚至可以说得上是混乱了，可是对方的行动却渐渐迟缓下来，所以很快便能扭转局势。

谢沉渊夺过他们手中的追捕抢，抓着其中一个人将他直接扔过去砸中另外一个人，两人倒在地上，行动已经有些困难了。

谢沉渊走过去，居高临下，问："谁派你们来的？'狐狸'？"

两人依旧不说话。

谢沉渊拿枪指着其中一个人，对另外一个人说："你不说我就先崩了他。"

可他们眼底依旧没有丝毫波动，只见两人对视一眼，等谢沉渊意识到的时候，已经晚了。

其中一个人站起来，朝着楼梯口跑过去。

这一秒谢沉渊很确定那里就是炸弹的牵引线了，难道对付不了就选择同归于尽。

谢沉渊心底一沉，想过去的时候已经没办法了，只见那人用自己的身体撞上银色的丝线，一瞬间，爆炸声从两边开始逼近。

谢沉渊甚至觉得爆炸产生的冲力正从四面八方逼过来，内脏都在体内被挤压变形。

一口血吐出来，谢沉渊忽然想到了顾鹊桥，在 B244 星球的时候，她是不是也承受着这样的痛苦？

耳朵里传来尖锐的鸣响。他以为自己要死了，可是火光里，他好像看见了顾鹊桥的身影，还有她被映得通红的脸。她站在楼梯的上方，朝着他喊："谢沉渊！"

爆炸声似乎被顾鹊桥的声音渐渐盖了下去，也不过是一瞬间的事情，仿佛退潮一般，所有的爆炸慢慢归于平静，只剩偶尔的空气鼓动的声音。

谢沉渊因为站不稳半跪在地上，他用手撑着地面，隔着一道火海一般的楼梯，顾鹊桥就这么毫不犹豫地朝着他跑过来。

抱住谢沉渊的时候，她的裙摆都带着火星子。

在这冰冷又充满硝烟味的地方，属于顾鹊桥身上淡淡的清香仿佛是水里的浮木，是唯一的救赎。

"谢沉渊……"顾鹊桥声音带着些哭腔，抓着他的胳膊，"你没事吧？"

其实谢沉渊是可以逃的，这个程度的爆炸不及他以前经历过的十分之一，逃出去绰绰有余。

可是那个时候他想，顾鹊桥怎么办？总不能舍弃她，自己跑了吧？

他牵着嘴角笑笑，目光落在顾鹊桥裸露在外面布满伤痕和血迹斑斑的小腿上，问："冷吗？"

顾鹊桥摇头。

　　谢沉渊又问："还能动？"

　　顾鹊桥点头，可是抓着谢沉渊衣服的手越来越紧，最后又咬着下唇摇头。

　　谢沉渊笑，手覆上她的手，说："那我们走。"

　　顾鹊桥愣了一下，下一刻就被谢沉渊打横抱了起来。

　　顾鹊桥眸光闪烁，恍然觉得……很久很久以前，在那段被遗忘的记忆里面，好像也有人这么抱着她，说，我带你回家。

　　可是，是谁呢？

　　她说："谢沉渊，你以前，真的没有见过我吗？"可是我总觉得我见过你。甚至……

　　谢沉渊没有听见顾鹊桥在说什么，顾鹊桥也没有力气再说第二遍，她顺着谢沉渊的视线看过去，只见那对兄弟站在前面。

　　他们互相确认过眼神，说了一句"任务失败"。

　　"别看。"

　　谢沉渊声音很轻，落下的那一瞬间又是"嘭"的一声，两颗脑袋在他们眼前炸开。

　　顾鹊桥瞪大了眼睛，脑袋里传来一阵尖锐的疼痛。

"谢沉渊。"从轻声呢喃到反反复复呼唤,顾鹊桥握着谢沉渊胳膊的手越来越紧,眼睛里的恐惧与无助仿佛置身地狱一般。

此刻,谢沉渊心里涌现的不是疑惑,而是慌乱。一向对任何事情都游刃有余漫不经心的人,忽然开始有点儿乱了。

"顾鹊桥?"

"谢沉渊……"

"我在,"谢沉渊紧紧地抱住她,也只会说这么一句话,"我在这里。"

随后是绝望到令人窒息的声音,顾鹊桥昏过去之前,只说了轻轻两个字——"救命"。

谢沉渊心里一疼,目光落在她手上,她抓着他的手始终没有放开。

20. 缺失的记忆

陆湉从病房里出来,一眼就看见了环手靠在门口的谢沉渊,一脸沉思的样子虽然挺好看,可对于他来说太沉重了。

陆湉走过去,递给他一杯水:"喏。"

"谢谢。"谢沉渊接过来,"他们怎么样了?"

"江两意伤得重一点儿，顾鹊桥还好。"陆湉说，"不过，江两意这一次舍命相救，估计也是他说的善有善报了，不枉平时那么护着顾鹊桥。"

"嗯？"谢沉渊不知道在想什么，有点儿没反应过来。

陆湉接着说："江两意这人天生贵族命，连血也是贵族到不行，很稀有的血种，所以我这里并没有备血，临时制血的话估计他也熬不到那个时候。幸好顾鹊桥也是贵族血，可以说是很巧了。"

谢沉渊大概明白了，随口说了一句："那就好。"

这也太敷衍了吧。陆湉问："别是失魂落魄了吧，这么不开心。以前遇到这样的事情，你都是回家睡觉的，现在受什么刺激了居然懂得思考了？"

谢沉渊看了她很久，低头笑了一声，说："还记得十几年前那个改造人工厂吗？"

"记得啊。"就是救出七襄的那个地方，陆湉有些不明白，"你在想……七襄的事？"

"没有。"谢沉渊说，又觉得不是，问陆湉，"你也觉得七襄不是人类了吧。"

陆湉愣了一下，不是她觉得，是本来就不是。

谢沉渊继续说："抓走顾鹊桥的人也是那样，好像是人类，又不像。

就像是被改造过的，七襄的眼睛、他们的大脑，都跟我们不一样。"

"所以……你觉得他们跟七襄是一类人？"陆湉有点儿明白了，"既然是同类，那么应该是属于一个地方吧……"

两人心照不宣，想到了贺卓山。但是，陆湉忽然有了一种更可怕的想法。

"那天七襄跟你说什么了吗？"谢沉渊忽然问。

陆湉想了想："好像也没说什么有用的话，总之只知道她又回贺卓山了，死都要给贺家效命。"

"还有，"陆湉又说，"也许你说得没错，他们都不是人类了，变成了一个机器，受人之命，完成任务，无法完成的话就以自杀的形式来复命。这种思维方式就如同一段程序的指令一样存在于他们的脑袋里，已经机器化了，这大概就是之前觉得奇怪的地方吧。"

"所以，救不了他们并不是你的原因。"陆湉大概明白谢沉渊在多愁善感什么了，大概是因为当年从造人工厂救出来的那些人，没有一个是真正得救了的。

她拍拍他的肩膀，语重心长："可别再想了，你当年屁大一点，心有余而力不足，也怪不到你头上。"

谢沉渊刚想说什么，又瞥见了她手腕上的红线，上次问说是搞研究的时候被勒到的。

"还没好？"

陆湉收了手，脸上看不出任何破绽："你不觉得挺好看的吗？"

"谢沉渊。"顾鹊桥站在门口听两人说了半天话才出声。

谢沉渊看过来，一言不发。

陆湉狠狠推了他一把，说："你是不是后遗症老年痴呆啦？人家醒过来就马上找你呢，你开不开心？"

谢沉渊看都没看陆湉，朝着顾鹊桥走过去，说："休息好了？"他刚刚只是在想顾鹊桥昏过去的时候对他说的那句救命，那两个字宛如千斤坠一样砸在他心头。

现在看来，但愿能救你出来吧。

顾鹊桥可不知道他在想什么，眼里的光有点儿暗，格外失落地问："休息好了是不是就要开始问我是不是想起什么来了？"

谢沉渊抿了抿唇，心里不适的感觉全都不见了，好像是一直提心吊胆，这会儿终于放下心来，于是所有的疲惫都涌上来了。他坐下来："想到了就说。"

陆湉在一旁叹气，想骂又觉得没资格骂，干什么教别人怎么相处，自己明明也是一塌糊涂啊。

行吧。顾鹊桥又在那张桌子前坐下来，依旧一副诚心悔改的犯人模样，说："谢沉渊，我觉得我要想起来什么，可是完全想不起来。就好像一幅拼图缺了一块，但有时候看到一个人，听到某一个声音，好像刚好可以重合，但始终不是缺的那个地方，我只会觉得熟悉，但是原来是什么样子的还是没办法记起来。"

"不用勉强自己。"

这话说出来连陆湉都有些愣了，更何况顾鹊桥，不是天天恨不得严刑拷打逼问的吗，这会儿怎么忽然有人情味儿了？

陆湉来不及欣慰，听到谢沉渊下面的话，就知道自己是高估他了。

他凝视着顾鹊桥，语气依旧冷冷的，问："有几个问题。"

顾鹊桥颤颤巍巍地点头，说："嗯。"

"你会拆炸弹。"是陈述句，而不是疑问句。

顾鹊桥愣了一下，看着自己的手心，上面缠着厚厚的绷带，而绷带下面，就是被炸过的伤。

可是她不记得了，只知道那个时候迷迷糊糊听到了谢沉渊的声音，然后就醒了过来，再就是她站在楼梯上方，看着谢沉渊撑在地上。

中间发生了什么，她不知道。

谢沉渊紧紧地看着顾鹊桥。

　　那套炸弹系统的威力绝对不只如此，那对兄弟甚至也没有料到爆炸会中途断掉。

　　也就是说，炸弹程序被人破解了，阻止了持续的爆炸。而顾鹊桥出现的时候，手上伤痕累累，还拿着炸弹解码器，应该是在拆弹过程中被小幅度炸到过。

　　从囚禁的状态下逃出来，还拆了炸弹，她是怎么做到的？

　　顾鹊桥低着头，右手握着左手，本来想说你不是说过不怀疑我的吗，可是自己都没有底气质问自己。

　　她格外低落地说："谢沉渊，可能我真的是……坏人吧。连累了你，还连累了江两意。"

　　谢沉渊也不说话，就这么听着，却看着她始终没有移开过目光，总觉得她下一刻就要哭出来了。

　　陆滟在一旁虽然心里非常愤慨，也不敢说话。她觉得，再怎么说顾鹊桥也是救了他啊，不仅一句谢谢都没有还怀疑人家，他的心到底是什么做的？

　　顾鹊桥自顾自地继续说："我就等江两意醒过来，他好了我就走，不打扰你们啦。如果你们觉得我作为线索还有点儿用的话，我会跟你们保持联系的，想到什么立马告诉你们。实在不行我可以当诱饵，引出那些人……"

　　"还有呢？"谢沉渊过了很久才问。

　　顾鹊桥心里无比酸涩，也想了很久才说："没有了。"

　　谢沉渊真的很无奈了，叫她的名字："顾鹊桥。"

　　顾鹊桥脑袋越来越低，回："对不起。"

　　"谁说要你走的？"

　　顾鹊桥抬起头，泪眼盈盈，果然是快哭了。谢沉渊也不知道自己的心怎么可以这么硬，难道以前就是这样？

　　他不怎么会哄女孩子，只说："你让我带你回来，现在又要走哪里去？"

　　陆湉扶着额头，不是你逼着人家走的吗？

第五章

荧荧之火，离离乱惑

21. 参商

江两意醒过来的时候以为自己在做梦，想了很久才记起来发生了什么。

一本书扔过来，他侧头躲了一下，发现自己的身体还算敏捷，原来没有残废啊。那脸呢，还帅气吗？

陆湉又一本书扔过来，说："你别是被打成了傻子吧？"

太好了。江两意坐起来，问："湉湉，我小鹊妹妹呢？"

"谁是湉湉？"

第三本书就要扔过来，江两意抱住头，却不小心碰到了自己的伤口，哇哇叫起来，说："还不是因为你救了我，我想对你好一点儿，你不跟我相敬如宾你还打我！"

"请问谁跟你相敬如宾了？相敬如宾也要看你配不配得上我好吧。"陆湉收了手，没扔过去，嘀嘀咕咕，"是个人都比你要厉害，好歹也是警察，弱到连女孩子都不如。"

江两意从床上下来，说："大概因为我是王子吧，娇贵。"

"哎，您可要点儿脸吧，小王子。"

这边正说着，那边谢沉渊估计是听到动静进来了。

"谢队长！"江两意估计真是被打傻了，非常热烈地敬了个礼以表自己的欢迎，实际上内心一股感激之情喷薄欲出，就成了这个傻样。

谢沉渊上下扫了他两眼，见没事了就问："顾鹊桥呢？"

江两意也想问。

于是两人同时看向陆湉。

陆湉仰着下巴，像是故意为了表达出自己的愤怒一般，手里的东西摔得嘭嘭作响。

江两意一愣一愣的，说："湉妹，你别是肌腱囊肿拿不住东西了吧，我看着都被你摔坏啦。"

陆湉瞪了他一眼，一不小心瞟到谢沉渊的目光，心里是气够了，嘴上没好气地说："你该不会真把人家给说走了吧！谢大队长！"

"说什么了？"江两意一脸状况外。

谢沉渊转身跑了出去。

"到底怎么回事啊？我的顾鹊桥小妹妹呢？"

"顾鹊桥小妹妹？"陆湉很鄙夷地重复了一便，说话特别没好气，"可真是你顾鹊桥妹妹，得亏她你现在能活着，要不阎王殿里可没人看你犯傻。"

江两意只理解了一半的意思，当时身上被捅了好几刀，的确是顾鹊桥忽然站了出来……可是后来呢？

醒过来的时候，他就挂在城墙上了。

可是现在仔细想一下，顾鹊桥操作飞行器的样子，还有她拿着枪站在飞行器上的样子，完全像是另一个人。

"别担心啦。"陆湉并不知道江两意在想什么，心想装也装完了，担心真把人吓死了，"我让顾鹊桥去外边帮我做事去了，难得谢沉渊找不着人，就让他着急会儿，好好看看自己的内心！说不定就佳偶天成了呢！"

江两意似乎是反射弧有点儿过长了，半天才反应过来："啥？"

"啥个啥？"陆湉说，"你怎么就真傻了呢？"

"不是。"江两意忽然跳起来，"你别告诉我谢沉渊喜欢顾鹊桥，怎么可能！谢沉渊除了喜欢差遣我，就没见他知道喜欢两个字怎么写。"

陆湉懒得跟行外人解释，忽然想起什么，问："整天小鹊妹妹前前后后的，刚又一起经历的生死，你可别告诉我你喜欢顾鹊桥吧？"

嗯？江两意还没反应过来，仔细想了想，心里对顾鹊桥还真没那方面的想法。可是却有一种很奇怪的感觉，就是……想好好保护她。这个别叫喜欢吧……

江两意说："没有吧……"

"傻子。"陆湉说。说完，她开始给江两意调药。

江两意凑上来，说："行吧，你不傻，你给我讲讲你和秦封年还有谢沉渊的事？"

陆湉愣了一下，心里像是在开水里滚过，转身撞到江两意身上，说："滚开。"

江两意嗷嗷叫："你不傻，你不傻谈恋爱为什么谈成这样？要是我的话，我喜欢的人不来找我，我就去找她！"

江两意的情商可以说是完全继承了谢沉渊，不过还好陆湉早就被谢沉渊磨出了这样一股痞劲儿，对于在伤口撒盐习以为常了。

她停下手里的动作，眼睛看着外面越飘越远，说："江两意，你难道没有发现，秦封年从来都不会离开北落师门吗？"

他可以看到全世界每一个角落，却没有办法从那里出来；而陆湉可以到达宇宙间任何一星球，独独接近不了北落。

所以这两个人就像是两颗星星一样，自转公转，兀自闪耀，却与彼此无关。

江两意根本就想不明白，北落师门作为他们的作战空间站，秦封年常年在那里也没问题啊。这有什么关系吗？

江两意觉得不对劲，问："为什么？"

"因为……"陆湉笑笑,"因为我没用呗,还老让人觉得我没用。"

"什么跟什么……到底什么意思啊!"江两意要咆哮了。

陆湉说烦了,反手拍在他的头上,说:"没什么意思啊,我都说完了,你不懂就别问了,非跟谢沉渊一样让我把伤口扒给你看然后等你给我撒盐吗?!"

江两意抱头鼠窜,她这是把对谢沉渊的怨气全撒在他身上了吧。

22. 碎片

谢沉渊见到顾鹊桥的时候,她正和外面的空间站医生一起搬货,看起来瘦瘦的,实际上力气却不小。

谢沉渊长长地舒了一口气,悬了半天的心总算放下来了。可是这一瞬间他有点儿搞不懂自己了,为什么会这么着急?

为什么会有这种以前从来都没有过的感觉?

顾鹊桥注意到他,放下手里的东西兴冲冲地笑着,刚想打招呼似乎又想到什么,谢沉渊这是见她还没走再来赶一次吧?

顾鹊桥觉得哪怕自己脸皮再厚也受不了谢沉渊三番五次赶她走,所以准备悄悄溜走躲起来,但跑得没别人快。

谢沉渊腿长,两步跑过来拉住她。

胳膊上的力道让顾鹊桥一个趔趄，谢沉渊意识到自己握得太紧了，稍微放松点手，却不敢太松，怕人又跑了。

谢沉渊说话之前调整了一下语气，尽量温和一点，问："你跑什么呢？"

顾鹊桥硬着头皮，回过头："我没跑啊，我准备回头想想看我还有什么没想起来的，结果发现实在是想不起来了。"

对，满脑子都是谢沉渊，怎么可能想出来其他的事？

谢沉渊看了她半天，看得她脸红心跳。他说："那就别走了，跟我来。"

"去哪儿啊？"

以前陆浒一个人的时候，总喜欢来这里，所以谢沉渊找人找多了，也就知道这么一个地方。

在距陆浒他们空间站很近的一颗小星球上，坐在最高的地方刚好可以看见宇宙间最浩瀚的银河。

荒废很久的星球，一路走来除了路有些凹凸不平，两边的花也开得像那么回事，挺好看，应该是陆浒闲着没事弄的。

这是谢沉渊的想法。

可是在顾鹊桥看来，这里未免也太浪漫了。

漫山遍野的花开得热烈，仿佛永远都不会凋谢一样，风吹过的时候有花瓣顺着芳香落到头发上，耳畔的酥痒像是情人的耳语。

往前走是一条藏在水里的小路，通往河的对岸，站在上面的时候如同站在水上，脚底却感受着细流温柔缱绻。

谢沉渊走在前面，顾鹊桥走在后面，低着头一步一步，不知道在想什么。

"顾鹊桥。"谢沉渊忽然说话，吓了顾鹊桥一跳，差点儿脚下打滑掉进水里。

她站稳了，应道："嗯？"

"你平时话这么少？"

顾鹊桥看不清他的表情，可是就觉得这句话语气里怎么就带着点儿抱怨呢……

可能是错觉吧，她想。

"我在想事情呢。"

"嗯？"谢沉渊语调微微上扬，似乎在等她说下去。

顾鹊桥抬眼瞪了他一眼，说："就想你是不是经常带人来这里……"

谢沉渊笑出了声，说："还好，也没有经常。"

"啊！"顾鹊桥又差点儿滑倒，叫了一声，站稳的时候谢沉渊刚好停了下来，回过头。

他站在水光之间，背后是璀璨的银河，星辰碎在他的眼睛里。顾鹊桥忽然觉得有一个奇怪的影子在脑海里闪过，她没有抓住，却想起来一句话——

他身背巨大的羽翼，他的眼与惑星同宽。

于是这一瞬间，成了定格在顾鹊桥心里永恒的画面。

谢沉渊见小姑娘愣愣的，忽然伸出手，说："过来。"

"嗯？"顾鹊桥没反应过来，看看他的眼睛又看看他的手心，宽厚有力指节修长，生命线很长，却在中间断开了。

谢沉渊问："不要牵吗？"

顾鹊桥终于回过神来，似乎有点儿不好意思，说："我没那个意思。"

"那是要我背你的意思？"谢沉渊一眼看出她的窘迫，还故意逗她，"可我肩膀有点儿疼……"

"不是。"顾鹊桥没办法了，手伸过去，一把被他拉住。

"我觉得你忽然有点儿不一样了。"顾鹊桥小声说，却被谢沉渊一字不漏地听见了，心里沉了一下，连自己都没有意识到。

"哪里不一样了？"

"就好像……你变得，有点儿喜欢我的样子。"顾鹊桥小心翼翼地说出来。

谢沉渊却笑了出来，低着头掩去眼睛里的情绪，说："陆湉嘱咐我得对你好点儿。"

"这样……啊……"

顾鹊桥没再说话了，自己好不容易鼓起勇气，准备在自己临走之前斗胆问一问，却被人立马否认了，心里顿时就很堵。

可是这些小情绪谢沉渊又怎么会知道呢？

两人到了山顶可以看星星的地方时，顾鹊桥已经累瘫了。谢沉渊倒没什么，挨着她坐下来。

顾鹊桥抬起头，比起以前看过的星辰闪耀，今天的星星仿佛要格外好看一点儿，目光所及之处都是闪耀的星光，包括谢沉渊的眼睛。

谢沉渊撑在地上，看着正上方的七颗星，说："你知道北斗七星的名字吗？"

"从柄开始依次是，摇光、开阳、玉衡、玉权、天玑、天璇、天枢，而我们的任务就是负责保护这七颗星。"

顾鹊桥隐隐记得谁好像也对他说过这些，她抬头，问："那个呢？"

谢沉渊看过去："海石三。"

顾鹊桥闷闷地说："好奇怪的名字，会让人想起海枯石烂，约定三生的誓言啊。"

"女孩子都会这么想吗？"谢沉渊皱眉不解。

顾鹊桥立马明白了，问："你以前是跟陆湉来这里吧？"

"没有。"谢沉渊完全不懂女孩儿的心思了，他躺下来，双手垫在脑后，"她一个人来，为了看星星。"

顾鹊桥不知道谢沉渊在想什么，她顺着谢沉渊的目光看过去，一颗星星，明亮地、孤独地闪耀在南方的天空里。

她说："我知道那颗星星。"

"南鱼座的主星，叫作北落师门，在地球上经常能看见它一个闪耀在秋天南边的夜空里，是很孤独的一颗星星。"

谢沉渊偏头看着她。

顾鹊桥认真说话的样子看起来很乖，但是谢沉渊这一眼看得她又不好意思了，说："不过从这里看它比在地球上看它还要亮了许多。"

谢沉渊笑："所以陆湉才会选择这里。"每天在这亿万颗星里面，独独仰望那一颗。

"为什么？"

"你猜？"

顾鹊桥看了许久，其实很容易就能想到的，男孩子的心足以装得下整片星河闪耀，可女孩子的心思，无非就是那么一点点，一颗星星足够亮就好。

她说："大概是有喜欢的人吧。"

女孩子对这一方面还是很敏感的。这么看来，顾鹊桥真的不过一个普通的小姑娘而已。

谢沉渊忽然撑起头来，很认真地看着顾鹊桥，语气却依旧戏谑，说："不认为她喜欢我了？"

顾鹊桥心里有一种说不上来的窘，别开脸小声嘀咕："那你也未必不喜欢她。"

他抿着嘴角，把顾鹊桥的小表情收进眼底，说："是未必。"

顾鹊桥哪有心思去理解这句话是什么意思啊，只顾着扯开话题，问："陆湉为什么不去找他啊。"

"因为去不了。"

"那他为什么不来找陆湉。"

"因为来不了。"

顾鹊桥沉默了一会儿，声音喃喃，说："怎么会呢？要是我喜欢一个人，哪怕所有的星星都变成戎装的士兵挡在我面前，我也要去见他。就算我死了，变成宇宙间飘浮的星尘，也要飘到他的身边。"

谢沉渊看了她一会儿，也不知道在想什么，像是随口说的，问："你以前有喜欢的人？"

顾鹊桥低着头说："我不记得了，如果有的话，现在却忘记了就很过分了。有关他的事我一点儿也想不起来……而且……"

她抬头看了谢沉渊一眼，心里有一点点的失措，换了话题，问："那你会喜欢上什么人吗？"说完见谢沉渊没应，又解释，"因为江两意说你这个人……"

江两意说谢沉渊那个人会喜欢上什么人，是不存在的，除非他被换脑了。

"你觉得呢？"谢沉渊笑笑，目光移向天边，"不只江两意说，陆浩也这么说过。"

"那你呢？"

"三人成虎，我当然是信以为真了。"谢沉渊声音很沉，像是要睡着了一般，可是眼睛却又亮如星辰。

顾鹊桥在旁边看了他许久，最后终于鼓足了勇气，说："谢沉渊，要不我们来打个赌吧。"

"什么？"谢沉渊侧过头来。

顾鹊桥一鼓作气："赌你会不会喜欢上什么人……"

谢沉渊看了她半天，有点儿意外又有点儿好笑，问："什么人？"

"就……"顾鹊桥咬咬牙，一不做二不休，"就比如说我……赌你会不会喜欢上我。"

终于是忍不住笑了出来，谢沉渊手按上她的头，说："我不赌。"

"为什么……"顾鹊桥觉得谢沉渊这句话就像是在跟小孩子说"乖，别闹了，哥哥不跟小朋友玩"一样的语气，可是她真的在很认真地说这句话的啊。

谢沉渊没有回，顾鹊桥气呼呼地背对着他，抱着腿缩在一起的样子像是一个土豆。

"生气了？"不知道过了多久才听见谢沉渊说话。

顾鹊桥长呼一口气，说："没有啊。"

"那过来。"

顾鹊桥回过头来，眼睛红红的。谢沉渊只觉得这一瞬间自己的心仿佛掉进了无底洞一般，无止境地下落，无法掌控，也无法停止。

他叹气，说："顾鹊桥，因为我会输。"

"嗯？"顾鹊桥不明白谢沉渊这句话什么意思，这会儿只听见自己心里怦怦的声音。

谢沉渊却没再往下说了。

顾鹊桥试着问："输了不好吗？"

"顾鹊桥，"谢沉渊说，"你现在看到的只是你生命里的一小段插曲，你最后还是要回到自己的路上。"

他说："你告诉我，如果我输了，那时候我要怎么办呢？"

顾鹊桥心里沉沉的，没有再问了。她的确是太任性了，这样一个不完整的自己凭什么喜欢他啊？谁知道原本的顾鹊桥是一个什么样的人呢？有没有结婚，有没有孩子，又或者配不配得上谢沉渊。

顾鹊桥看着谢沉渊的侧脸，可是这一刻依旧无比确定，这样一个什么都不是的顾鹊桥，很喜欢这样一个闪闪发光的谢沉渊。

"谢沉渊。"不知道过了多久，顾鹊桥意识到的时候自己已经说出话来了，可是却忘了自己原本是要说什么。

她想了一下，问："那我可以叫你阿渊吗？"

"嗯？"

"因为'谢沉渊'有三个字，'阿渊'只有两个字，可以省下一个字的时间。"

谢沉渊笑："省下一个字的时间用来干什么呢？"

用来爱你。顾鹊桥想，在这有限的时间里，省下一点点时间，用来爱你。

可是后来她睡着了，忘了最后一句话有没有说完。

23. 矜持

顾鹊桥觉得从那里回来之后，谢沉渊就不怎么跟她说话了。

准确一点儿，谢沉渊向来是不怎么跟她说话。只不过那一天的谢沉渊吃错了药，又或者是一时情绪没有掌控好，就给了她一种两人关系还挺暧昧的错觉。

　　而现在依旧是，两人明明住在一个屋子里，该是抬头不见低头见的，可是每次谢沉渊看她就仅仅是看她一眼，偶尔打个招呼就回房，偶尔连招呼都不打了。

　　比如说现在，谢沉渊看着坐在地上的两人一狗，张张嘴准备说什么，又隐晦地憋了回去，径直上了二楼。

　　唉，顾鹊桥半句话都没有喊出来，就只能格外怨念地看着他毫不留情的背影，该不是害羞了吧……倒显得自己十分不矜持了。

　　顾鹊桥这么想着，然后靠在阿狗身上继续数它的毛。

　　江两意看看谢沉渊，又看看顾鹊桥，意味深长地掐着下巴尖儿，问：“你们那天到底干什么去了？”

　　“就看看星星啊。”这个问题江两意问了无数遍，顾鹊桥也回答了无数遍，所以到底有什么好问的？

　　“看个星星回来谢沉渊那个表情？”

　　“什么表情？”

　　江两意说不上来，乍一看和平时的确没有什么不一样，可是仔细想一想，那一天谢沉渊背她回来之后呢？

　　首先，谢沉渊肯背着一个女孩儿走这么远的路就已经很不可思议了，以前哪一次不是差遣他来着。

　　再然后，江两意生怕谢沉渊觉得烦，准备把睡着的顾鹊桥接过来的时候，谢沉渊居然把他踢开了，嘴角还一直有股十分得意的笑。

他到底在得意什么啊请问？这就是江两意的疑惑了。

"得意的笑容？"顾鹊桥想了想，忽然惊叫，"该不会我睡着了就不小心跟他说了什么线索吧！"

"是吗？"谢沉渊的声音好巧不巧地从背后传来，最后一个音节刚好连同他身体的温度一起出现在顾鹊桥背后。

谢沉渊问："还有什么想起来的事没有告诉我？"

顾鹊桥头都不敢回，一副死定了的表情向着江两意求救。江两意会意，决定和谢沉渊面对面，说："你干吗一会儿上一会儿下还出现得悄无声息的？请问飘来飘去有意思吗？"

谢沉渊没回，倒是阿狗冲着他叫了起来，意思大概是你还不配跟我主人杠，你只能和我唇枪舌剑。

"哇——"江两意吓得后退了点儿，"这狗别是成精了吧……"

结果，阿狗扑上来舔了他一口。

顾鹊桥忽然就笑了起来，江两意太好玩儿了吧。

谢沉渊皱眉旁观了一会儿，挨着她坐下来，问："我还是不明白，你在江两意面前跟在我面前很不一样。"

顾鹊桥立马收回笑意："有吗？"可仔细一想，跟江两意相处的感觉和跟谢沉渊的确有点儿不一样。

不过这是因为……她闭着眼睛瞎扯，道："因为……江两意不招人喜欢啊，我再不跟他玩他就没人玩了。"

谢沉渊一把拍上她的头，说："谁问你为什么跟他玩啊。"

"不是吗？"

"算了，没事。"谢沉渊没辙了，"我刚刚加密了房子的锁，待着应该很安全了，所以不管什么人来都不要开门。"

"你们要去哪里？"顾鹊桥下意识地拽住了谢沉渊的袖子。

江两意也腾地跳起来，一副跃跃欲试的表情，说："是不是有任务了！"说完又觉得这样对顾鹊桥挺不友好的，揉了揉头发，"主要是最近实在是……养伤都快养出新伤了，我想出去闯荡一下，起码下一次遇到危险的时候不是被人家按在地上摩擦。"

谢沉渊压根儿没听江两意在说什么，视线胶着在袖子上的一双手上，细白柔软，指甲盖看起来粉粉的、亮亮的，让人很苦恼要怎么挣开这双手。

顾鹊桥大概是注意到了谢沉渊的视线，自己松了手，说："我会乖乖待在家里哪里也不去的。"

谢沉渊觉得心里空了一点儿，说："嗯。"说完又安慰道，"我会早点儿让你想起来以前的事，不会待在这里太久。"

"哦。"顾鹊桥闷闷地应了一声。

谢沉渊还没明白自己哪句话说得不够体贴了，张了张嘴想说什么还是算了，喊了声江两意。江两意便气喘吁吁地从地上爬起来，特别听使唤。

24. 表白

没走多远，谢沉渊就被顾鹊桥叫住了。

她站在门口，一副鼓足勇气有话要说的样子。

江两意说："你还是把话说完再走吧，我看你俩一副欲言又止的模样，憋死我了。"

谢沉渊很没度量地白了他一眼，然后又掉头往回走。

就从屋子里到门口一个玄关的距离，顾鹊桥跟跑完八百米一样红了脸。谢沉渊觉得她又可爱又好笑，问："有什么事吗？"

顾鹊桥说："你急吗？我想了想，还是觉得应该先把话说完。"

"不急，你慢慢说。"谢沉渊看了看里面，觉得顾鹊桥没有把他拉回去坐在凳子上慢慢讲的意思，应该也说不了多久。

顾鹊桥开始组织语言了："我说你昨天对我有点儿不一样了，今天对我又不一样了。"

"有吗？"谢沉渊想了想，想不起来。

顾鹊桥问："谢沉渊，我喜欢你，你为什么要躲呢？"

谢沉渊有点儿蒙，这句话的重点在哪里？把一句最想说的话糅杂在好几句话里面敷衍过去，还真的挺让人猝不及防的。

他笑起来："顾鹊桥，你真的想清楚了吗？"

顾鹊桥撑着门框借了点力量，说："想清楚了，那天回来之后到现在我想了很久。"

"嗯。"谢沉渊示意她接着把想说的说完。

"你说我以后会回到自己的轨道上去，所以你也会娶别的女孩子，她温柔恬淡，什么都不会，看起来有点儿笨，可是她会每天等你回家，问你累不累，给你煮一餐饭。她有完整的过去和未来，都属于你，只换你叫她一声谢太太。"

"嗯……也许吧。"谢沉渊觉得好笑，什么都不会，有点儿笨，可是能想到的全是她的样子。

顾鹊桥被谢沉渊笑得有点儿紧张了，下意识地开始抠门："可是那都是以后的事情。那时候我都不在了，你想怎样就怎样，我不管也不介意，所以你也不要管我要怎样。

"因为我喜欢你，并不是要你喜欢我才喜欢的你。你可以娶别的女孩子，你喜欢她，你会亲她、抱她，叫她谢太太。与未来的我无关的话，与现在的我更没什么关系。指不定我努力努力……"

接下来的话顾鹊桥实在不好意思说了，江两意教她的，管什么以前啊，人要向前看，指不定你努力努力，就成谢太太了呢！

顾鹊桥似乎一口气说得有点儿多，谢沉渊一时消化不过来。

沉默半晌，先响起来的居然是身后江两意等不及的声音："喂，你们讲快点儿啊，再多回头给你们买信封你俩写信吧！"

谢沉渊并没有打算理他。顾鹊桥也没理，继续说："谢沉渊，那一天我问你，能不能叫你阿渊，这样可以省下来一个字的时间。"

她看着谢沉渊的眼睛，一个字一个字说得格外认真："你问我省下来干什么……谢沉渊，我想省下一个字的时间，用来爱你。"

既然能遇见，就是命运。我不信有无缘无故的相遇，人生处处是伏笔，明线暗线千回百折，结局不过就是我喜欢你。

如果不是结局，就让它停在这里。顾鹊桥没等谢沉渊说话，便进屋"啪"的一声把门给关上了。

只剩下谢沉渊面对着白色的门，愣了半天却笑了出来。

走的路上，江两意估计是皮又紧了，看着谢沉渊恋恋不舍的眼神，说："别看了，看来看去你得把人装进你口袋带上。"

谢沉渊难得没有打他，问："江两意，你谈过恋爱吗？"

江两意觉得幸好自己没有喝水又或者是吃东西，要不可得把自己呛死。所以谢沉渊肯定是想谋杀他才忽然问这么别扭的问题。

他想了想，说："说出来不怕丢人，我毕竟是星球王子，以前没来这边的时候人气还挺高的，可以说得上是少女杀手了，玩弄过的小女孩儿不在少数。"

"那你离顾鹊桥远点儿。"谢沉渊忽然加快了速度。

江两意没坐稳，这会儿边尖叫边说："为什么啊？你老折磨我，还不让我跟小鹊玩，你是想寂寞死我继承我的星球王子身份吗？"

还想说什么的时候，谢沉渊电话响起来，江两意老老实实闭了嘴。

是陆湝。

"谢沉渊，我有话跟你说。"

"秦封年知道了的事？"谢沉渊问。

陆湝反应了一下："他……知道顾鹊桥了？"

这会儿江两意倒成了最后一个知道的人了："什么！秦长官知道了，是不是得把我顾鹊桥小妹妹抓起来啊！"

"你想说的是什么事？"谢沉渊没理会江两意。

陆湝在那边沉默了一会儿，说："你现在去北落师门？"

"嗯。"

"那我先去你那里，等你回来再说。"陆湝挂了电话。

谢沉渊也跟着忽然刹车，差点儿没把江两意脑髓给晃出来。

江两意晕完了，听谢沉渊说："你得去一下陆湝那里。"

"为什么啊？"

"接她过来。"谢沉渊说着，没等江两意回答就把他甩了下去。

25. 北落师门

北落师门作战空间站。

秦封年站在显示屏幕前，凝着手腕不知道在看什么。

谢沉渊环手靠在门上看了半天，最后不得不敲了敲门，说："该批评你的警惕性呢，还是该表扬我神出鬼没的能力呢？"

秦封年收了手，说："对不起。"

"有什么事，说吧。"谢沉渊现在看起来心情挺好的，应该能交流。

不过秦封年还是沉默了一会儿，做了下准备才问："顾鹊桥是谁？"

谢沉渊笑了一声，在秦封年打电话让他过来的时候他就猜到了是顾鹊桥的事情。他也不打算再隐瞒了，说："不是已经知道了吗？"

秦封年很无奈："上面的人也知道了。你私自救了她不上报已经是犯错了，还牵扯到江两意和陆湉。江两意身份特殊，上一次受了那么严重的伤他父亲肯定会追究，而陆湉……"

秦封年说到这里就停下来了，他忽然觉得，有人保护顾鹊桥，有人保护江两意，哪怕是一颗星星都有无数的人为它而战，可是陆湉呢……她好像一直在受伤。

手腕上一阵疼痛感传来，仿佛是刀子划开皮肤的感觉。

"怎么？"谢沉渊开口，注意到秦封年表情里隐忍的疼痛，"秦封年？"

"没事。"秦封年摇了摇头，继续说，"阿渊，我不希望你为了一个来路不明的人做出什么出格的事情，更何况那个叫作顾鹊桥的女孩儿确实给你带来许多麻烦。"

谢沉渊没想到秦封年这么快又把话题给拉了回来，问："所以你希望我怎么做？交出顾鹊桥？然后任由中星首脑会杀了她？"

"阿渊。"

"秦封年，"谢沉渊打断他，"我想了一下，如果一开始你就让我交出顾鹊桥我会不会听你的。"

谢沉渊继续说："可是……好像不会。从一开始，是我在那里见到她的那一刻，就好像没可能把她交给任何人了。秦封年，这都是命。我自己命里摊上的事儿我自己解决，是好是坏都认命。"

"谢沉渊！"

谢沉渊侧过头，明暗的光线勾勒出他侧脸流畅坚毅的轮廓，他说："既然爱上了一个人，就要承担后果。不然你也不会在这里不是吗？"

秦封年隐隐皱眉，更加剧烈的疼痛从手腕上传来，连着整条手臂开始如同灼烧般难受，呼吸也变得艰难起来。

"秦封年？"

"阿渊，"秦封年咬着牙，从喉咙里发出几个字，"出去。"

　　而这个时候，谢沉渊已经注意到了他手腕上的红线，和陆湉的一模一样，而且很明显痛源就是那里。

　　"这是什么？"

　　"谢沉渊，要承担的后果并不是你想的那样简单。"

　　话音刚落，一群黑衣人出现了。谢沉渊背对着他们，站直了身子，很不屑地笑了一声，说："我从来没有觉得会简单。"

　　秦封年被关在北落师门已经十年了。

　　十几年前的一场星球大战让秦封年和谢沉渊两人崭露头角，两人的名字在宇宙海盗间已经是无人不知，甚至到了令人闻风丧胆的地步。

　　陆湉是在他们成名后加入的，作为一个小实习生，跟着两个前辈出生入死，救过他们无数次，也被救过无数次，和秦封年之间也是水到渠成的事情。

　　可是树大招风，中星首脑会害怕某一天这三人小组的势力会威胁到自己，所以秦封年作为小组的队长，自然是被打压的一个。

　　于是在星际例会的占卜仪式上，秦封年作为不祥之人被指了出来。这种占卜仪式本来就是宇宙公认的一种仪式，既然被指出来那就是全宇宙公认的不祥人。

　　可事实是什么，秦封年心知肚明。

　　如果反抗的话，谢沉渊和陆湉都没有好下场。而如果承认的话，鉴于之前表现很好，只是被禁闭在空间站而已。

因为全世界都知道，哪怕秦封年钢筋铁骨，在他身上也有那么一小块软软的肋骨。他们捉住了陆湉，所以秦封年自然选择了第二种，成了一只被关在笼子里的猛兽。

在那之前，秦封年为了保护陆湉不受伤害，在陆湉身体表面镀上了一层特殊物质，将她所受到的所有伤害和疼痛都转移到自己身上。

所以陆湉感觉不到疼痛，而他的身体因为这种效果的反噬已是千疮百孔。

可是他始终太天真了，他以为自己顺了他们的意思折了自己的翅膀，他们就会替他好好照顾陆湉。

可不是这样的，除了他没有别人能照顾好她。

而谢沉渊，秦封年不希望他成为第二个自己。

秦封年因为剧烈的疼痛意识渐渐模糊，而眼前的谢沉渊，秦封年好像已经很久没有见到这个样子的他了，即便是中星首脑会的人想抓住他也不是那么简单。

他就应该是这样的，无所顾忌，一夫当关，永远都不要有什么牵挂才好。

26. 失踪

江两意来的时候正看见陆湉往自己手腕上扎刀子。他吓得腿都软了，冲过去就一掌拍下去。陆湉没什么事，倒是江两意慌乱之下不小心被刀刃划了下，疼得嗷嗷叫。

陆湉刚刚有点儿走神，这会儿回过神来，问："你怎么来了？"

"我怎么来了？我不来看着你，你要失心疯往自己身上扎刀子割脉自杀吗？"江两意简直愤愤不平，很气又不知道哪里气。

陆湉看着他涨红了脸，忍不住笑出来，拿了医药箱过来给他处理伤口，说："你好意思，这么点儿皮外伤，血都没流出来你叫得跟要死了一样，出息呢？"

"你这人怎么好心当成驴肝肺呢？我要不是救你至于吗？"江两意说着抽出自己的手，看着陆湉手上鲜血淋漓的，示意她，"你先弄你自己的吧。"

陆湉倒不急，刚刚只不过为了试验一下放了自己血之后能不能把炸弹也弄出来，结果好像并没有什么用。

"反正又不疼。"

江两意十分奇怪："说真的，你为什么不疼啊？真的一点儿都不疼吗？"

"这事儿有什么好骗人的？"陆湉白了他一眼，其实自己也不明白为什么感觉不到疼痛，就好像有谁替她挡住了一样。

她深呼了几口气把情绪给调整过来了，说："刚刚的事儿你别跟谢沉渊讲啊。"

"怎么？敢做不敢当啊，他要问起来你手上的伤你怎么说，真是狗咬的？"

"随便。"陆湉处理好手上的伤口，"你以为他真会问啊？"

"听说你要去他那里，他特地让我过来接你，不然管你受没受伤？"江两意一副意味深长的语气。

陆湉心想自己怎么会遇见这么蠢的人呢？她十分无奈："难道你没有发现，他只是怕我对顾鹊桥做出什么不好的事儿吗？"

"你？"江两意一头雾水，"能做什么事儿啊？"

"没什么。"陆湉懒得解释了，收拾好了之后说，"走吧。"

"不是，到底是什么事啊？你不说，我也不会让你对顾鹊桥做什么出格的事情的，你要是对她做什么，我就对你做什么！"

"江两意你烦死了，你闭嘴好不好！"

陆湉和江两意赶到谢沉渊的住处时似乎有点儿晚了。

谢沉渊的屋子像一块奶酪，被一圈黑压压的蚂蚁团团围住。

"他们是谁？"江两意有点儿看不清。

陆湉白了他一眼："真怀疑你到底是不是走后门进来的，自己同事都不认识？”

"我同事？"江两意仔细看了看，确实是星际警署的人，"难不成是秦长官派来的？”

"他暂时没有这个权力调动武装舰队。"陆湉眯起眼睛，只是抓顾鹊桥而已，用得着派出这么大的阵仗？

"那是谁？"江两意吓到不行，"这么说是中星首脑会直接派人过来的？干吗这么动真格？"说着准备往那边冲。

陆湉显然要冷静得多，她拦住江两意，提醒道："谢沉渊虽然别的不行，但是自己家里的安全系统还是很厉害的，只要顾鹊桥不出来，他们再大能耐也没法进去抓人。"完了又补充，"除非把秦封年叫来。"

她话音刚落，就有人走过来了，是星际警署其他舰队的队长。

江两意现在觉得有点儿眼熟了，可是熟是熟，但也叫不上名字，不过猜着会有一番苦战了。

他下意识地走到陆湉前面，一种把人护在身后的样子。见对方走过来，他笑嘻嘻地问："有什么事吗？"

对方却是面容不善的人，目光围着两人打量了一圈，最后落在陆湉身上，说："你们应该知道我们来的目的吧。所以废话也就不多说了，毕竟同僚，还是互相配合一下工作比较好。"

江两意装傻："什么工作？秦长官没有告诉你们谢队长这里是不可以接近的？"

"我们是奉首脑会的命令。"

"这样子，"江两意说，"那你们自便。"

说完，他拉着陆湉准备掉头就走，却被一群人拦住了去路。他们甚至都亮出手里的武器了，满脸写着请不要敬酒不吃吃罚酒。

陆湉看着江两意拉着自己的手，虽然脸上是一副英勇到不行的样子，可是这会儿很明显是尿了。

她无奈，挣开他的手，走到他们面前，说："你们是来抓我的吧？"

江两意心里一僵，听着陆湉继续说："我是顾鹊桥。"

江两意一直想说话的，却一直被陆湉打断，她装得倒挺像的，说："你们既然知道我在这里，应该也知道我记不清以前的事情了。"

陆湉这十年间除了待在生命监测部的医疗站哪里也没有去过，而警署里的变更也是日新月异，就连江两意也是因为跟谢沉渊一组才认识陆湉的，所以他们不认识陆湉也是情理之中的事情。

对方显然并没有什么怀疑，说："我们只是奉命行事，希望你不要让谢队长他们为难。"

"是不应该。"陆湉看了江两意一眼，"我跟你们走。"

喂！江两意刚想说什么，却发现自己居然一个字也说不出来，是封嘴器。他心里都快急死了，而陆湉一脸镇定地看着他们将自己锁上，然后就回头悄悄对他眨了眨眼，仿佛在说：放心吧，他们不会对我怎么样的。

　　话虽是这么说，可如果陆湉假冒顾鹊桥，包庇嫌疑犯的事情被发现了，还是会被追究不是？

　　陆湉再怎么厉害，也不过是一个女孩子啊。

　　江两意甚至想撕开自己的嘴了，可是也只能眼睁睁地看着他们带着陆湉离开，然后看着刚刚还包围着整栋房子的人渐渐散去。

　　他懊恼地抓着自己的头发，正怀疑这是不是谢沉渊故意安排的时候，只听见一阵汪汪汪的叫声。

　　他回过头，是阿狗。

　　江两意心里反应了一秒才觉得不对劲——这房子不是锁上的吗？照理说顾鹊桥就算在里面应该也没法轻易打开门，可是阿狗怎么出来的？

　　他疯了一样朝着屋子里跑去。

　　敞开的大门，以及空荡荡的风，喜欢窝在沙发旁边地毯上的顾鹊桥却不在那里。

　　顾鹊桥！

　　江两意找遍了屋子里的每个房间每个角落，才敢确定，顾鹊桥真的不见了。

　　阿狗窝在他的脚边，可怜兮兮地呜咽着。

27. 过去

　　谢沉渊没来得及去秦封年说的那个地方调查造人工厂和"狐狸"之间的关系便接到了江两意的消息。

　　他甚至没有任何权衡，下意识地就转身，选择了回地球。

　　原来始终不过是早晚的问题罢了。以前陆湉就说过，他迟早会遇见一个人，改变他这种恨不得跟工作结婚的臭屁性格。

　　那个时候他以为永远也不会发生，却没想到还是一语成谶。

　　谢沉渊一进门就看见江两意坐在地上，双手撑在膝盖上捂着脸，头发乱糟糟的程度就可以看得出来他有多么焦躁。

　　"江两意。"

　　江两意抬起头，眼睛红红的，声音都带了点儿哭腔："谢队长。"只有在这种无助的时候才会真的发自内心地喊谢沉渊一句谢队长了，他捂着脸，"我真的好没用啊，眼看着他们带走陆湉什么也做不了，就连顾鹊桥也看不好……"

　　"不关你的事。"相比之下，谢沉渊似乎要冷静许多，他调出屋子里的监控和记忆程序，"他们不会对陆湉怎么样，还有秦封年。

"至于顾鹊桥……"

监控影像已经出来了。

视频里的顾鹊桥应该是听到有人敲门的声音，跑到了门口。但是因为是背对着监视器，看不清她的表情。

只听见她说——"是你？"

江两意看着谢沉渊紧锁的眉心，顾鹊桥认识的人并不多，能让她说出这样一句话的，大概也是他们能认识的人。

可是，是谁呢？接下来就听不见声音了，应该是经过特殊处理过的，而监控转到室外，除了一团人形黑影并不能看到那人的样子。

来人很聪明，做足了所有的伪装。

江两意一颗心始终悬在半空中，许久，他才说："谢沉渊，会不会顾鹊桥想起之前的事情了，所以就走了？"

谢沉渊一直没有说话，就这么盯着屏幕，像是在看，又不像。

江两意继续说："不然照我们认识的顾鹊桥，也打不开这个门……我之前好几次看着顾鹊桥，就觉得她原本应该是一个很厉害的人……"他顿了顿，低下头，不知道谢沉渊有没有在听，自顾自地说，"那种处于危险之中的反应能力和身手的敏捷度就让我觉得，好像看到了另外一个你，足够与你旗鼓相当……所以，也许原本的她就有能力打开这个锁，外面的人只是来接她了。"

"是七襄。"

"什么？"

谢沉渊紧皱着眉，又说了一次："是七襄。视频里有机械转动的声音，和七襄眼睛移动的声音是一样的。"

江两意这会儿完全忘了自己刚刚说了什么，爬到屏幕前仔细听，经过处理而变得杂乱无章的声音里，果然有一道声波，淡淡的，却无法忽略，甚至能看见那只灰白色的眼睛在转动。

"七襄为什么要带走顾鹊桥？"江两意忽然有了点儿希望，"你认识她的对不对，而且我们救过她，她不会对顾鹊桥怎么样对不对？"

可是现在的七襄已经不是他认识的那个七襄了。

"我不知道。"

"那顾鹊桥呢？"江两意眼底的火焰又渐渐湮灭，心里难受得紧，却不知道为什么难受。

谢沉渊却忽然站起来，看了眼一旁的狗，说："会找到她的。"

江两意的目光随着他落在阿狗的身上，谢沉渊说："陆湉之前为了确定我的行踪在它身上装过特殊电子鼻，跟追踪器一样的功能，只不过结合生物成了气味追踪器。"

"那么现在……"

"只能靠它了。"

顾鹊桥的记忆停留在自己在谢沉渊的家门口看见一个女孩儿的身影那里。她还记得自己想了许久，才记起来女孩子的名字，七襄。

然后就是现在了，手上酸麻得厉害，缓缓睁开眼才发现自己正被绑在一间木屋子里，面前有一个显示屏和一个摄像机器人。

她"嘶"了一声，挪了挪脚却踢到了什么东西，咕噜噜的声音吓了她一跳，顺着往前看去，只见一个水瓶骨碌骨碌地滚落到一双脚旁，细长的高跟鞋，修长笔直的腿。

顾鹊桥慢慢抬起头，看着她精致的脸和一双异瞳，喃喃出声："七……襄？"

七襄拿着水走过来，带着吸管递到她的嘴边，说："顾鹊桥，好久不见了。"

顾鹊桥偏过头，看着她，说："你以前认识我。"是陈述句而不是疑问句。

七襄却避而不谈，又将水移过去，说："喝点儿水至少能撑到谢沉渊来救你。"

顾鹊桥抬眼看着她，咬住吸管。冰凉的液体迅速湿润了干涸的喉咙，却因为呛到了剧烈地咳嗽起来。

七襄走到她身边，轻轻拍着她的背，冰冷的语气冰冷的眼神，没有任何感情："你真指望他来救你？你是觉得谢沉渊真能找到这里，还是觉得你可以活到那个时候？"

"为什么？"顾鹊桥并没有想象里的胆怯或者恐惧，就仿佛这种事已经是习以为常了，又或者笃定自己会活下来。

要么自己走出去，要么他一定会来。

顾鹊桥问："你到底是谁？"

"我也想知道我是谁。"七襄站起来，"谢沉渊大概不会来了，星球异战，他的身份让他必须去处理那些事情，而秦封年也会让他交出你。"

七襄走到原来的地方，靠在墙上缓缓问："你觉得他是会背叛他出生入死的兄弟和自己的身份，还是会为了你冒天下之大不韪？"

顾鹊桥心里一沉，咬着唇，所以谢沉渊今天出去是为了这事？

不过转念一想也已经够了，哪怕现在在水深火热之中，可是一想到他一个小小的举动，就足够她坚持许久了。

"你看起来挺开心的。"七襄仿佛一眼就能看出她在想什么，"顾鹊桥，你好像不太明白你现在的处境。"

顾鹊桥偏着头听她说："这个房子周围有三十二颗定时炸弹，时间是五个小时。牵一发而动全身，而在你脚下踩着其中一个炸弹的开关，只要你一抬脚便会连着所有的炸弹一起爆炸。"

顾鹊桥又挪了一下已经酸麻到不行的脚，的确觉得下面有什么东西，她低着头，说："那如果我现在就松开了呢？"

"我来到这里的任务，本来就是为了杀你。我的生死是一件无所谓的事情。"

顾鹊桥忽然想起什么来，说："你是贺家的人。"

"是。"

所以是贺家要杀我？顾鹊桥没有问出来，七襄却仿佛听见了一般，说："不是。"

顾鹊桥觉得脑海里面有什么一闪而过，想抓住又抓不住。她想不起来了，心里的异样告诉自己这个人好像和她有很深的羁绊，可是她一点儿都想不起来了。

顾鹊桥缓缓抬起头，眼里有红红的血丝，说："七襄……"

七襄转过脸，打断她："顾鹊桥，以前的事对你来说并不是什么好事。那段记忆里的你过得并不好。"

"陆湉说我的记忆也许是被人拿走的，是你对不对？"七襄不说话，顾鹊桥就继续问，"B244星球的爆炸里，你也在那里对不对？"

不是记起来什么，而是直觉，一种笃定的感觉。

随后是令人窒息的寂静。

不知道过了多久，七襄才缓缓转过头来，精致的脸，瞳孔转动的声音却诡异而瘆人，她说："是我拿走了你的记忆，可是现在我没有办法还给你。所以，你要听我讲吗？"

顾鹊桥没有拒绝，七襄却笑了起来，说："B244 星球那次，你已经是必死无疑了，可是我是去救你的。"

"为什么？"顾鹊桥越来越不理解了。

"因为那个时候我想保护你。无关贺家，就是想保护你。"

七襄看着窗外，过了很久才缓缓说："顾鹊桥，贺卓山那天的婚礼，你去了吧？"

"以一个陌生人的身份看着原本是自己的婚礼，会有很奇怪的感觉吧？"七襄转过头来，对上顾鹊桥的眼睛，"所以才会放火毁了那场婚礼吧。"

七襄的声音仿佛藤蔓一样缠住了顾鹊桥的心脏，她忽然有点儿喘不上气来，只能听着七襄的声音。

"你十岁的时候被贺东明的父亲带到贺家，作为贺东明未来的妻子，可是你却和他的弟弟贺西庚更谈得来。"

"后来你们在私奔的时候遇到了贺家的对头，被设计进了一场星球爆炸，贺西庚因此长眠至今，不死不活。"七襄说到这里的时候语气有一瞬间的停顿，而顾鹊桥始终低着头，不知道有没有在听。

七襄看了她一眼，继续说："而你也在那场爆炸里受到了某种物质的辐射，身体各器官系统迅速衰老病变，活到至今都是侥幸。我就是那个时候被贺东明找出来的，作为你的备用器官的培养皿。因为体质特殊，贺东明取出了我身体里所有的器官和血液，注入与你契合的细胞进行再生形成新的器官组织。等到时机成熟之后便可以将我身体里的器官移植给你。所以我就是一个容器而已。"

"后来呢？"

"后来你知道自己活不久了，也知道了贺东明的意图。但是我和你一起长大，你把我当姐姐看，不愿意剖开我的肚子，所以你选择了自杀……B244星球的爆炸是你算好的，利用'狐狸'敏感的身份将中星首脑会的人引到那里，甚至是让贺东明亲自做出引爆炸弹的决定。在他毫不知情的情况下，让他自己做出杀了自己最爱的人的决定。"

"那现在……"顾鹊桥缓缓抬起头来，眼睛却如同深潭一般没有任何焦距，"我为什么还能活着？"

"因为谢沉渊。"

这三个字仿佛是泉水一样落在顾鹊桥干涸的心上，于是便有无限的湿意从心头漫开，谢沉渊……

"他身上有一种特殊的能量物质，来自远古的外星能量，受到那块石头辐射的人可以起死回生。可我不知道为什么只有你活了过来。"七襄说，"也许是命吧。"

是命吗？

是命吧。

顾鹊桥不知道在想些什么，她猛然抬头看着窗外，那一瞬间七襄看见了她通红的眼圈，是七襄在以前的她脸上从来没有见过的表情。

"顾鹊桥。"七襄走到门口，"我本来是想让你忘了那段记忆活下去，所以救了你，把你交到谢沉渊手里，甚至在刚刚那一刻我都觉得这样很好。"

"可是谢沉渊却偏偏让我记起来……"七襄回过头，眼神迷惘，仿佛连自己都不敢相信，"我跨越时空来到这里，是为了杀了你。"

28. 参宿四

参宿四星。

谢沉渊的飞行器缓缓降落，阿狗迅速从飞行器上跳下来，朝着前面奔去。江两意在后面紧紧地追着，喘气的声音实力证明了自己体力不如狗。

不知道朝着哪个方向跑了多远，阿狗却忽然停下来了。

江两意撑着膝盖半天说不出一句话，谢沉渊却很心有灵犀地回答了他的问题，说："有炸弹的味道。"

江两意一惊，仔细嗅了嗅，的确是很浓烈的炸弹味，应该是 EC-305 系列的炸弹，威力强不说，这么浓的味道，得有多少啊。

谢沉渊心里头一次觉得这么不镇定，而他们正要再一次出发的时候，就看见了前面走过来的女人，七襄。

风卷漫天黄沙。

谢沉渊朝着江两意使了个眼色，对方便拉着阿狗继续往前跑。而眼前的人……很明显，不处理好她的话是很难顺利把顾鹊桥救出来的。

谢沉渊眯着眼睛紧紧地看着她："我不明白你究竟想干什么。"

七襄没有说，她只是看着谢沉渊，问："谢沉渊，你为什么会来？你知道顾鹊桥原本是谁吗？也许她已经是别人的妻子，有了深爱的人，即便如此，你也要救她？"

谢沉渊看不透七襄的意图，他抿了抿唇，说不出现在心里喷薄欲出的感受是什么，只说："是。"

"哪怕她活下来之后就是万劫不复。"

"是。"

七襄笑了出来："谢沉渊，如果你知道了后面的事情，你会后悔你现在的决定。"

"那也是后面的事情了。"谢沉渊慢慢攥紧手，好像终于明白了，无论后来会怎样，现在萦绕在胸腔和脑海里无比笃定的是，"现在我不会让她死。"

"怪不得顾鹊桥能记得你这么多年。"七襄喃喃，仿佛自言自语一般，不知道谢沉渊有没有听见这句话。

"救她的话就看你来不来得及了。"七襄说着,手臂上的臂刀银光一闪,朝着他冲过来。每一招都足以致命,令人应接不暇。

谢沉渊一招一招地攻克,两人不相上下,可是谢沉渊比谁都清楚,这样拖下去并不是办法,那是定时炸弹,七襄就算没办法打败他,可是也能拖到炸弹爆炸的时候。

所以,她要杀的是顾鹊桥。

谢沉渊的眼神忽然变得狠戾起来,每一招都毫无保留地直指对方命门,七襄很快便处于下风。

谢沉渊也因此发现了她动作里更多的破绽。比如说,她的每一招都是快准狠,右手的动作却又是绵软无力的。

直到谢沉渊控制住她的手才察觉到,她的整条右臂原本就是有伤口的。所以他只是稍稍用了点力,七襄的右臂已是鲜血淋漓。

谢沉渊眉头紧锁,一瞬间的迟疑却又让七襄反攻而来,她嘴角带着一丝轻蔑的笑容:"怎么,下不去手了?"

而这个时候谢沉渊才意识到,七襄的难缠程度比之前遇到的暗影杀手还要厉害许多,至少暗影杀手更像是机器人,空有一股缠人的劲儿却并没有想法,而七襄的可怕之处是太过狡猾,她可以迅速找出他的弱点并且毫不犹豫地加以利用。

不过，谢沉渊也是十几岁就生里来死里去的人，他牵制住七襄将她按在地上，眼神除了狠戾再无怜惜："贺东明让你杀人的？"

七襄冷笑："谢沉渊，还记得贺卓山的婚礼吗？"她顿了顿，缓缓说，"贺东明原本要娶的人是顾鹊桥。"

谢沉渊的手有一瞬间的僵硬，那个时候也不是没有怀疑过。顾鹊桥对贺卓山的熟悉程度，救江两意的时候好似自然而然就找到了路。

他早该想到的。

"所以呢？"

"所以他怎么会要杀了顾鹊桥。"

话音刚落，随即而来的便是震耳欲聋的爆炸声，连着谢沉渊的心也震碎了。

他看过去，不远处的硝烟弥漫，溅出来的动物尸体残骸，腥臭而湿腻。

谢沉渊脑袋里一阵混乱，仿佛失去了意识一般，却又能看见顾鹊桥的脸，小心翼翼看着他的眼睛，抓着他袖口的手，还有那一句，可不可以叫你阿渊。

"谢沉渊，如果你没有解开我脑袋里封存的任务，我会一直保护她和你。"七襄停下来，跟着谢沉渊看过去，"可是我的存在，就是为了执行任务而存在，哪怕心里不愿意杀了她，也必须杀了她。"

"到底是谁？"

"不知道。"

"要是我杀了你呢？"谢沉渊这一句话是认真的，眼睛里没有半点属于人类的感情，像是嗜血的兽一般。

七襄缓缓转过头来，灰白色的瞳孔里没有任何波动："不知道。"

谢沉渊回过神来的时候，才发现自己居然做了和贺东明一样的事情。他的手钳着她的喉咙，不顾她惨白的脸色和窒息的痛苦。

他最终还是松了手。

他站起来，目光没有再在她身上停留，朝着爆炸的地方走过去。

七襄在后面看了他许久："如果这一次任务失败，算是我还你的救命之恩，可是你始终都救不了她的。"

谢沉渊停下步子，微侧着头，声音压抑，说："你说错了七襄，她从来没有指望过我来救她。"

她会为了见我，拼命地活下来。

谢沉渊过去的时候爆炸还在继续。

七襄甚至为了拖延时间选择了这么一片建满木屋的地方，几百间屋子，每一间都一模一样，根本没有办法确定顾鹊桥在哪一间。

而在谢沉渊想静下来判断的时候，眼前一片废墟和呛人的浓烟里又不断地有屋子爆炸坍塌。

来不及了，所以他只能冲进那片火光里一间一间地找，而每推开一扇空落的门，心里的绝望便更深一点。

如果他推开这一扇门的时候，顾鹊桥在的那间屋子恰好爆炸了怎么办？

他愤愤地咬着牙，额角的汗水混着血液顺着鬓角流下来，现在的他跟一只无头苍蝇一样，做不了任何判断。

谢沉渊一拳捶在门框上，却忽然听见了阿狗的声音，一声一声越来越清晰。

一秒钟的反应，谢沉渊转过身，顺着那道声音飞快地往那边跑去。

熊熊火光中，江两意护着顾鹊桥的头半压在她的身上，后背已经沾了火星子，连着衣服都燃烧起来。而他很明显失去了意识，阿狗正咬着他肩膀的衣服拼命地往外扯。

谢沉渊心里一沉，冲过去扑灭江两意从腿上蔓延到后背的火，然后一把将江两意提了过来，鼻息还在。

而顾鹊桥躺在地上一动不动，手背上血肉模糊，谢沉渊觉得浓烟都呛进了眼睛里喉咙里，所以喊她的名字的时候，竟是沙哑到发不出声来。

"谢……沉渊……"宛如一声叹息般,顾鹊桥眼皮微动,极力想睁开眼,却只有泪水淌出来。

谢沉渊抱着她,十分艰难地从喉咙里发出音节:"嗯,我来了。"

一点点的缝隙足够看见他的样子,猩红的眼睛,额角的伤痕,顾鹊桥有点儿想摸摸他的脸,却只能吃力地扯着嘴角,说:"太好了,你不来我还以为你出了什么事情呢。"

谢沉渊忽然觉得心里所有的防线都崩溃了,哪里好了?我从来没有及时救过你,总是等到你遍体鳞伤才出现,哪里好?

"你没事就好啊,来了就好。"顾鹊桥说,声音断断续续的,很艰难地凑出一句话,"我刚刚想,我死之前会不会记起来以前的事,甚至是七襄跟我说的那些事情。可是到后来才发现,以为自己要死的时候什么都不会想,只想你。"

谢沉渊抱住她,甚至比她还要艰难地说出几个字:"不要说话了。"

"谢……沉渊……"

"不是说叫阿渊吗?"谢沉渊的声音就在她的耳边,"顾鹊桥,不用省下一个字的时间,现在所有的时间都给你,不管你是谁,不管你最后会回到哪里去,现在在我身边的每一秒都给你。"

"给我?"

爆炸声终于停了下来,随后便是火光跳跃的声音和木头化为灰烬的声音,仿佛置身于火眼之间。

　　到最后，顾鹊桥什么也听不见了，只有谢沉渊的耳语，一字一句：
"嗯。顾鹊桥，现在我们之间能拥有的所有的时间都给你，给你用来
爱我。"

　　为此我将用我此后漫漫一生，来永远爱你。

以 星 辰 为 名

第六章

东有启明，西有长庚

29. 东有启明

而秦封年这边，陆湉身上的生命感知特征消失的第一秒他就察觉到了。

他找遍了所有的地方，甚至连谢沉渊都联系不到，心里的恐慌越来越大，而他无力到只能站在这里等一个消息，她死或者没死。

秦封年摊开手，看着掌心错综的纹路和细密的汗。如果陆湉死了……如果她死了，这十年算什么？

秦封年眯起眼睛，再一次拨通了谢沉渊的电话。

等不到那边先开口，他先问了一下陆湉的情况。

谢沉渊过了很久才说出话来："陆湉被带走了。"

一向面无表情运筹帷幄的谢沉渊头一次用这种无助又绝望的语气跟他说："可我找不到她在哪里，不知道该怎么办。"

　　谢沉渊拿着电话，靠在窗边，顾鹊桥躺在病床上平稳地呼吸，却不知道什么时候才会醒过来。

　　谢沉渊揉了揉眉心："秦封年，我以为是你派人去我家的。"

　　那边很明显地沉默了，许久才听到秦封年的声音："对不起，阿渊，当时是我故意支开你。"

　　谢沉渊怀疑过，可是当时却选择了相信秦封年。

　　"为什么要这么做？"

　　"我不想你变成第二个我。"

　　"所以是为了你自己？"谢沉渊冷笑一声，漫不经心地调侃，"秦封年，既然如此，还管什么陆湉呢，没有她不是更好吗？这样你就可以无所顾忌地亮出你的爪牙做你想做的事情了。"

　　"阿渊……"

　　"秦封年。"谢沉渊看着顾鹊桥，沉声说，"可能我那天说得不怎么清楚，那么现在再告诉你一声，就像陆湉是你的底线一样，我也有，就是顾鹊桥。"

　　谢沉渊没等秦封年说话就挂了电话。

　　过了许久手机又响了一声，谢沉渊懒得看。

　　屏幕上秦封年的名字和对不起三个字闪了闪又暗了下去。

　　谢沉渊走到床边，看了顾鹊桥许久，以前不明白陆湉为什么总是元气满满一股冲劲地要活下来，也不明白她说的很多话是什么意思。

现在忽然就顿悟了。

他握着顾鹊桥的手，抵着自己的额头，轻缓的声音，说："顾鹊桥，你该不是害羞所以不敢醒过来见我吧？"

顾鹊桥动了动，依旧没有睁开眼。

"再不醒过来，你喜欢我的时间就不多了。"谢沉渊大概不会知道自己现在的眼神有多温柔，"怎么办？总觉得他们看不好你，想把你装进口袋带走。"

最终，他也只能松开手，说："等我回来。"

谢沉渊大概是真的生气了吧。

秦封年揉了揉眉心，收了手机没再去管，这件事他确实做错了，可是谢沉渊也说错了，他的顾忌不只是陆滟，还有他，谢沉渊。

所以才会对他们妥协。

有人敲门，然后走了进来，说："秦先生，贺先生要见你。"

先生。

在他们这里，只有中星首脑会的人才会被称作先生。

秦封年在五年前已经是中星首脑会的人了。而有关自己的身份，他至今都没有告诉谢沉渊，毕竟两人以前和中星首脑会是势不两立的，如今他却成了其中一员。

秦封年觉得光凭这点谢沉渊可能就永远不会原谅他了。

而这位贺先生，无疑就是贺东明了。

秦封年点了点头："嗯。"

他看着手腕上的那一圈红线，刚好，新账旧账一起算。他要看看，贺东明究竟为什么能那么坦然地把他视作珍宝的人置于危险之中。

贺东明在会议室等了好一会儿，秦封年进来的时候他转过身来，两人视线碰撞，秦封年凝着眉头看着他。

贺东明缓缓走过来，嘴角的笑阴冷而邪肆，说："秦先生，好久不见了。"

秦封年并不想跟他有什么毫无意义的客套话，直接切入主题了，说："是你派人带走的陆湉。"

贺东明佯装无辜，右手食指弓起来按太阳穴，说："陆湉？我怎么记得我只是接我的小鹊回家呢？"

"贺东明。"秦封年眉头紧皱，看不穿眼前的人，忽然问，"你什么时候进中星首脑会的？"

贺东明眯起眼睛，拉长了语气："嗯？"

"中星首脑会的规定，陆湉是你动不得的。"

"呵呵……"贺东明像是听到了什么不得了的笑话,笑完了之后露出玩味而无所谓的眼神,"所以呢?那你知道顾鹊桥对我来说意味着什么吗?我找她找遍了天涯海角,你们却把她藏起来,那你们又知不知道我贺家的规定,顾鹊桥也是你们碰不得的!"

"我不是贺家的人,我也没有藏过顾鹊桥。"秦封年缓缓说,"哪怕是我的原因,这件事也与陆浠无关。"

最后几个字,秦封年看着贺东明,命令道:"所以,放了她。"

"凭什么?"贺东明问,"凭你可以拿顾鹊桥跟我换?"

室内的气压似乎一瞬间低了下来,秦封年的瞳色越来越深了,声音也越来越沉:"不可以,陆浠不会是用来交换的筹码。顾鹊桥也不在我这里。"

"呵呵……"贺东明低着头又笑了几声,终于抬起头来,"那你觉得凭什么?"

他靠着桌子,目光落在秦封年的手腕上,讽刺道:"怎么,曾经叱咤宇宙的秦封年如今却解决不了一个炸弹?"

贺东明笑起来:"之前还发愁怎么才能解决你,现在看来,你也不过如此,一只没有牙的老虎而已,还有一块这么明显的软肋。"他眯着眼睛语气玩味,"甚至只要碰碰陆浠,伤就是你的。"

陆浠感觉不到的那些疼痛,都在秦封年身上。而这些他没让陆浠知道。

秦封年没有任何表情，贺东明说得没错，他现在本来就没有能力做任何事情。

"怎么样？觉得自己随时会被炸成粉身碎骨的感觉怎么样？刺不刺激？"贺东明继续说，"陆湉估计比你惨，炸弹物质应该已经渗入骨髓了，所以即便她放干自己血也没什么用。况且她现在的处境也不怎么好，这点你应该很清楚。"

"说吧，你想怎么样？"秦封年开口，贺东明的目的已经藏不住也不打算藏了。

"很简单，你点点头，陆湉就能安然无恙地回到你的视线里，而你不答应，这个世界上就再也不会有她。"贺东明势在必得的眼神一刻也没有离开过秦封年的表情。

不需要赌什么，答案是显而易见的。

不知道过了多久，秦封年眼底漆黑一片，他又妥协了："放了她，以及你的条件。"

30. 西有长庚

陆湉被带到这个地方已经是第二天的事情了。

　　甚至这一路都是屏蔽了她所有的感官被带过来的，所以她现在并不知道自己在哪里。

　　一个空荡荡的房间，一张屏风一张桌子，还很贴心地备了一套茶具。四周是弧形的玻璃墙壁，而玻璃外什么都没有，仿佛是置身于一个水晶球盒里面一般。

　　陆湉也没什么好慌的，打量完了就坐下来，很惬意地给自己煮起了茶。

　　袅袅的水雾挡在眼前，陆湉压根儿没听见声音，就看见前面站了一个人，倒把她吓了一跳，说："你们这儿别是个灵质空间吧，没有门也能进来？神出鬼没的？"

　　面前黑衣黑裤黑墨镜的人并没有理会她在说什么，说："你可以走了。"

　　陆湉手僵了一下，滚烫的茶水浇到手背上，迅速红了起来，她却一点儿感觉都没有，问："怎么，知道你们抓错人了？"

　　那人走过来："是。"

　　"不是。"陆湉直直地看着眼前这个人，"是不是有人答应了你们什么条件？"

　　"没有。"

　　陆湉心里僵着一股劲儿，可是面前这个人很明显只是一个普通办事的人而已，她深呼一口气，说："那行，我要见贺东明。"

"贺先生……"男人犹豫了一下，陆湉却听出来了，"贺先生？"

所以贺东明是中星首脑会的人了？怪不得当初可以随心所欲地调动他们部门去做那样的事情。

陆湉说："对，让我见他。"

"见我？"

未见其人，先闻其声。

陆湉看着另一个方向忽然出现的人，贺东明依旧是上一次的样子，一身黑色的风衣，只不过本来就白的肤色在这个透明的空间里白得几近透明了。

"不怕我杀了你吗？"贺东明走过来，"冒充顾鹊桥，在贺卓山还骗了我，我们之间仿佛有许许多多的账没有算完。"

陆湉根本没心情去管这些，她只是下意识地觉得哪怕知道了她不是顾鹊桥，贺东明也不可能这么轻易地放了她。

而要让这个不轻易变成可能的事，只会是他已经达到自己的目的了。

陆湉问："你是不是见过他了？"

"他？"贺东明故意问，"你是说……秦封年吗？"

果然，很久很久以前，秦封年为了所谓的保护她，就答应过那些人的要求，被关在那个地方一辈子都没办法出来，而现在呢，他又答应什么了？

他凭什么每次都这么擅做主张地替她解决一些事情呢？就不问问她愿不愿意当弱者？愿不愿意永远活在他的羽翼之下？

"我要跟他说话，不然自杀。"陆湉径直来了一句。

贺东明无所谓地笑笑："陆湉，我不是秦封年，你威胁不了我。"

"呵呵……"陆湉也不是什么普通人，早有准备了，她侧着头，目光阴鸷起来也是丝毫不输给贺东明，"就算……我把自己血液里的炸弹分了一半给顾鹊桥？"

果然，贺东明脸色微变，不过转瞬又恢复了正常："你觉得我会没有办法解开？"

"那可未必。"

陆湉其实也不想的，可是她早就料到有这么一天，包括顾鹊桥就是贺东明的未婚妻。所以她找谢沉渊要谈的就是这件事，没想到贺东明来得这么快。

陆湉说："我自然不会把它按照你能解开的样子原原本本地放进顾鹊桥的身体里，你可以随时杀我，我也可以随时让顾鹊桥粉身碎骨。"

"可以。"贺东明忽然觉得陆湉很对他的口味，"不过不是因为你拿顾鹊桥威胁到了我，毕竟我不是贺东明。"

陆湉愣了一下，可是对方已经从这个空间消失了。

什么叫不是贺东明？

"陆湉。"

下一刻，秦封年的声音在这个空间里响起来，四面八方如同潮水一般将她围剿，陆湉瞬间有点儿呼吸不上来。

"秦封年。"陆湉张了张嘴，很努力地才发出声音，"你究竟想让我去死，还是好好活着呢？"

"对不起。"秦封年永远都是那么平静，永远都是一句对不起就能解决所有的事情。

沉默良久，他说："这件事过去以后，我会让你……"

"让我干什么？"陆湉扯着嘴角不屑地笑道，"秦封年，可别了，可别再让我干什么了，不要这件事过去了，就现在，从现在开始，我们谁也别再让谁做什么了好不好？你不用管我，我也不会再想你了。"

…………

时间嘀嗒嘀嗒，像是水滴落的声音，却是落在心头的酸雨，每一滴都能侵蚀心上的一块肉，陆湉咬着牙，听到他说："好。"

"好。"

谢沉渊来的时候陆湉正抱着腿坐在飞船顶上，小小的一个黑点，不知道在想什么。

他走过去，影子遮住了陆湉的脸，她抬起头看了他许久，说："秦封年告诉你我在这里的吧。"

"嗯。"谢沉渊抿着唇应了一声。秦封年只告诉了他陆湉在哪里，不过他大概猜到了，那群人气势汹汹地去抓人，又这么轻易地放了人，就只有一个可能了。至于条件是什么他不知道，秦封年也没有说。

不过这么多年了秦封年还是老样子，从来没有顾及到陆湉的感受，大概仗着陆湉永远会原谅他吧。

陆湉站起来，拍了拍裤子上的尘土，说："走吧，回家。"

谢沉渊看着她的背影，倔强而孤独，问："陆湉，你气成这样不用发泄一下吗？"

陆湉停下来："我哪里气了？反正从今以后井水不犯河水，谁也气不着谁，我还得长命百岁，所以不会轻易发脾气了。"

谢沉渊就站在那里不动也不说话，两人僵持了许久，最后还是陆湉妥协了，说："好吧谢沉渊，我承认，因为我知道的时候就已经在心底咆哮了一万遍，悲伤绝望，想死想哭，所有极端的负面情绪都在脑内上演了一百万次。你现在看见的我已经是发泄过后的样子，所以没什么好发泄的了。"

谢沉渊走过来："以后可以选择我在的时候哭……"陆湉听他说完下半句，果然不出她所料，"我好歹可以看看笑话。"

一个闷，一个不会安慰人，陆湉推开他："可别了，我看着你闹心就挺开心的。"话是这么说，可是陆湉说完皱起眉头，隐隐担心道，"谢沉渊，顾鹊桥的事你知道了吧？"

"嗯。"谢沉渊眼睛看着别处，眸光深沉不知道在想些什么。

陆湉深呼一口气，将自己心里乱七八糟的有关秦封年的情绪全部压了下去："还有一件事，我觉得……贺西庚也许没有死。"

"贺西庚？"

"贺家两兄弟，贺东明撑着整个贺家，而贺西庚在十年前的一场意外之后销声匿迹。细想一下，贺家从来没有正面回应过有关贺西庚的事情，他是死是活都是大家的猜测。

"而且我记得江两意跟我说过，贺东明是一个很好很沉稳的人，懂得收敛自己。毕竟作为贺家的主人，在云诡谲波的宇宙战场上能成为首屈一指的家族，自然不是什么普通人。可是这跟我见过的那个贺先生完全不一样。那个人阴鸷狡猾、锋芒毕露，虽然不会暴露自己有什么目的，可是眼睛里就写着自己有目的。"

"嗯。"谢沉渊大概已经明白了，应了一声示意自己在听。

陆湉继续说道："所以我觉得，之前在贺卓山要杀七襄的，和这一次捉了我要挟秦封年的，应该都是贺西庚。

"而贺家瞒着贺西庚的存在要做什么？我觉得很不简单。"

话音刚落，谢沉渊的电话响了起来，是江两意，他在那边口齿十分不清地呼救："谢队长，你快回来啊，贺贺贺……东明来了！还说要带顾鹊桥回家！"

31. 海石三

谢沉渊的飞行器开得飞快，尽管脸上没什么表情，可是从刚刚皱到现在的眉头就能看出来这个人心里现在有多么着急。

陆湉安慰道："顾鹊桥不会跟他走的。至少现在不会。而且去的人应该是贺东明，贺西庚似乎并不是那么在意顾鹊桥……"

陆湉想起来之前在贺卓山的手术室的时候，那个时候贺西庚的眼睛里除了残忍的快意外看不到任何悲痛，她接着说："既然是贺东明的话，哪怕是考虑到自己的身份地位也不会强抢的，应该会尊重顾鹊桥的意思。"

她撑着手看着外面，见人没反应回过头来看他："不是说安慰我开导我吗？我心里的痛这会儿没好还得照顾你的情绪，你自己想办法冷静一下。"

谢沉渊毫不留情地在她伤口上撒盐："你现在不是在分散注意力？"

陆湉咬咬牙，想打人。

"算了你还是别说话了。"她深呼几口气，"分散吧，顺便帮你也分散一下，调整好情绪去抢媳妇。"

谢沉渊很无奈地看了她几眼，飞行器刚好路过外面一颗星球，陆湉忽然想到什么："谢沉渊，我给你讲过海石三吧？"

"嗯。"谢沉渊应了一声。

"总会让人想起约定三生的誓言的海石三，究竟是谁给它取的名字啊。"陆湉很不明白，根本就没有什么约定三生的誓言，小半生就会磨得不耐烦了吧。

"再接着给你讲吧，"陆湉看着外面，"据说在那颗星星上，有一座古老的教堂。教堂里面住着一位老婆婆，没有身份，没有名字，仿佛从宇宙开始运转的时候她就在那里了。

"大家都叫她守墓人。可是她守的不是死人，是人们舍弃的回忆。

"明亮的、灰暗的，好的、不好的，都装在盒子里，锁进教堂里的阁子间，落满了灰尘。然后把钥匙留给有缘人。"

陆湉自顾自地说着，也没管谢沉渊是不是在听。

"可是已经舍弃了的，根本就没有人会再去取出来吧。"

"你说什么？"谢沉渊猛地停下来。

陆湉被晃得神志不清，说："什么？"

"你刚刚说什么？"

陆湉想了一会儿，又不知道他问的哪一句。

"我乱讲的。"

"你说海石三？"谢沉渊皱着眉头，提了一个关键字，"钥匙？"

"钥匙，是啊钥匙……"陆湉愣了愣，看着谢沉渊手上凸起的脉络，"有什么……问题吗？"

"陆湉，"谢沉渊瞳色微沉，"七襄曾经给过我一把钥匙，我从来没有见过。"

沉默半响，陆湉明白了。顾鹊桥被取出的那段记忆，原来一直都在谢沉渊的手里，放在海石三里那座封存记忆的城堡里。

原来那个传说是真的。

嗯。

谢沉渊觉得陆湉说得没错，他需要冷静一点儿去面对贺东明。他回头看了一眼那颗叫作海石三的星球，重新发动了飞行器。

谢沉渊回来的时候，顾鹊桥已经醒了过来。

一个小小的病房聚集了很多人，顾鹊桥、缠着一头绷带的江两意，还有背对着他们站着的人。

贺东明。

顾鹊桥本来坐在凳子上耷拉着头，看见谢沉渊进来的时候眼睛瞬间就亮了起来，喊他："谢沉渊。"

与此同时，那个男人也转过头来，的确是几乎与贺西庚一模一样的长相，而气质上的差距显而易见，贺西庚阴冷狡诈，贺东明沉稳而儒雅，其实很容易分辨。

谢沉渊对上他的目光，视线相互试探的时候，顾鹊桥已经跑到了谢沉渊的身边。谢沉渊觉得自己的心像是融化的黄油，刚刚那些焦躁难安也全都不见了，只剩下话语温柔，问："有没有哪里不舒服？"

顾鹊桥摇头，小心翼翼地看着贺东明，问："他们是不是告诉你我是谁了？"

谢沉渊笑了笑："他们说了你就不打算自己告诉我了？"

顾鹊桥抓着谢沉渊袖子的手越来越紧。谢沉渊握上去，感受到一旁凌厉的视线，说："你跟陆湉先出去，我来跟他说，嗯？"

顾鹊桥点点头，陆湉带着她，顺便招呼了一声江两意。然后就是关门的声音。

随之而来的，是漫长而没有声息的对峙。

"谢沉渊。"贺东明先开的口。

谢沉渊轻笑一声算是应了，在桌子旁边坐下来，说："坐下来说吧。"

贺东明并没有动："她原本是贺夫人。"

"嗯，原本。"

"接下来也是。"贺东明说，"我是来接她回家的。"

谢沉渊低着头不说话。

贺东明继续说："我很感谢你这些天对我未婚妻的照顾，你有什么需要大可以告诉我。"

"你弄错了吧。"谢沉渊玩弄着桌子上的药罐，"我可没有好心照顾你的未婚妻，我带她回来不过是因为她是顾鹊桥而已。"

贺东明抿了抿唇，良好的涵养不允许他做出什么异样的动作，只能沉声，说："谢沉渊，我以为……你已经足够成熟，不会再去钻这些语言上的空子了。"

"那你又何必给我强调你的未婚妻这几个字呢？"谢沉渊坐在那里，整个人依旧是一如既往懒洋洋的感觉。

贺东明一时之间看不出来这个人是真的在乎，还是只是玩玩而已。他说："这是事实。"

"行。"谢沉渊忽然开口，转过眼来看着贺东明，"既然这样你应该也告诉她了吧，她跟你说了'好'吗？"

贺东明愣了一下："你应该知道她现在的情况，她失忆了。而你是她在这段时间里唯一的依赖，所以……你应该也知道你们俩都只不过是误入歧途……"

"我想你弄错了。"谢沉渊打断他，"顾鹊桥是顾鹊桥，她愿意在哪里做什么是她的自由，不是你问我要我就可以给你的东西。

"更何况，为什么你们会有一种她失忆了就不是她自己的想法？只是失忆而已，并不是换了个人或者心智不健全，可以做决定的事都交给她自己，我不会替她决定什么。"

"我也是这么想的。"贺东明一副不慌不忙一切都在计划之中的表情，"只不过对于这道选择题，这几个月算是很大的干扰项。我会尽快排除这段干扰。"

"自便。"

贺东明笑了笑，故意补充了一句："毕竟前面有二十年，未来也是几十年，不在意中间的两个月。"

32. 回梦

江两意头疼，不是受伤了头疼，而是看着这两个女孩儿头疼得不行。

顾鹊桥低着头不知道在想什么，一向唯恐天下不乱喜欢闹事的陆湉现在也眼神呆滞一脸心事重重的样子。

他想了想，走到陆湉身边，推了推她，说："喂，你别不说话啊。"

江两意的意思是希望陆湉能出马，用她多年的切身体会开导顾鹊桥一下。

陆湉回过神来，会了意，收回自己满脑子的思绪。她走到顾鹊桥身边坐下，问："顾鹊桥，你想跟贺东明走吗？"

顾鹊桥看了她一眼，又看着那间屋子，摇头。

"可是你们都订过婚了，以前未必没有相爱，等你想起来以前的事要怎么办呢？告诉谢沉渊你记错了，跟他不过是露水情缘，然后再回去安生地做贺太太？"

江两意在旁边拦都拦不住陆滟，怎么回事啊？怎么重伤痊愈之后大家都这么丧了？之前陆滟不是很支持谢沉渊跟顾鹊桥在一起的吗？要把人家劝退的态度又是怎么一回事？

"我不记得了，"顾鹊桥喃喃，"记不起来我以前有多喜欢他了。如果很喜欢的话，哪怕记忆不记得，心也会记得的吧，心是会痛的，可是我一点儿都想不起来。只是，一想到如果要离开谢沉渊，心就痛得没办法了。"

"那如果能找回以前那段记忆呢？"陆滟试探着，"会接受吗？"

沉默了许久，顾鹊桥很认真地说："我不觉得找回以前的一部分人生，就会否定这段人生……"

总觉得和他之间是有什么前因后果的，不然怎么会这么喜欢他？

话音未落，那扇门被推开，谢沉渊站在那里，抬眼的一瞬间眼里有一闪而过的迟疑。

陆滟看了两人一眼，站起来给顾鹊桥道歉，说："对不起，我刚刚问得可能有点儿激进了。"然后又朝着随后出来的贺东明说，"给她点儿时间吧，丢失的那段记忆是她的记忆，现在也是她的记忆，没办法通过权衡轻重来选择，就让她自己考虑几天吧。"

陆湉这话是对着谢沉渊说的，他俩都知道顾鹊桥那段缺失的记忆在哪里，与其说给顾鹊桥时间，倒不如说是给谢沉渊时间。

贺东明点头应了，他大概是最胸有成竹的人了吧。他走到顾鹊桥面前，万千情绪流转在眼底。

"小鹊，有什么不舒服的地方告诉我？我会尽快解决这些事情带你回家的。"

顾鹊桥不知道为什么下意识地有些排斥这种靠近的感觉。贺东明似乎注意到了，眸色微沉，又恢复刚刚的一片温柔，低着头，说："对不起，你能安然无事我已经很开心了，不管多久都等，等你回来。"

顾鹊桥没说话，一直等到贺东明走了也没有说话。

而她在意的是，谢沉渊从刚刚出来开始视线就没有在她身上停留过，只觉得心像是被剜开了一样难受。

"谢沉渊……"顾鹊桥没来得及喊出来，谢沉渊已经走了出去。

陆湉看在眼里，叫住了准备跟上去的顾鹊桥，说："先别，让他一个人先静一静，毕竟是我的话也不知道该怎么办了？他在感情这方面还不如我。"

江两意在一旁，摇晃着脑袋假装大愚若智，说："我有一句话，不知当讲不当讲。"

陆湉白了一眼过去："不当，滚回去躺病床上检查下你脑袋，是不是下垂体不见了。"

江两意偏不，走过来找顾鹊桥玩，说："你……还蛮厉害的，居然还是未来贺家接班人的未婚妻。"

"你会不会说话啊！"陆湉一拳捶在他身上，哪儿受伤往哪儿捶。

江两意嗷嗷叫了半天，终于正常起来，说："我觉得吧，谢沉渊其实挺喜欢顾鹊桥的，但是现在自己喜欢的人忽然冒出来一个未婚夫，这种感觉……就跟不明不白当了小三一样。"

他说着看了顾鹊桥一眼，慌忙解释道："但是这也怪不了我们顾鹊桥啊，本来就失忆了嘛！再说爱情这种东西总是来得这么猝不及防，谁挡得住啊？要怪就怪命。好巧不巧，刚好把顾鹊桥送到谢沉渊眼前。怎么都觉着是命中注定啊，就得顺着命来啊。我觉得没问题，我支持顾鹊桥和谢沉渊。"

江两意絮絮叨叨半天，才发现根本就没有人在听他讲，他悻悻然。不对，陆湉自从从那里回来之后怎么老是精神恍惚？

不会是终于知道谢沉渊喜欢上了顾鹊桥，所以觉得自己失恋了吧！这么看着陆湉也挺愚钝的。

他就不一样，谢沉渊喜欢顾鹊桥这件事他早就知道了，大概在捡到顾鹊桥的那个时候吧。一眼万年，他俩可是在他的见证下，于死人堆里萌生的爱情!

可以说是生死之恋了。

33. 哀往笑藏

陆湉是在空间站旁边的那颗孤星上找到谢沉渊的。看起来跟以前没什么两样,好像是仅仅为了找一个清净点儿的地方休息一下而已。但是谢沉渊到底在想什么她一点儿也猜不透。

陆湉走过去在他旁边坐下来:"怎么,还逃避呢?我都缓过来了,你别比我还脆弱。"

谢沉渊侧过头很不屑地看了她一眼,说:"顾鹊桥呢?"

"寡淡。"陆湉嘟哝了一句,"想知道人在哪儿不会自己找吗?再不济最多就是回贺卓山当尊贵的贺太太了呗。"

谢沉渊懒得跟她说话了,陆湉才开始说重点:"谢沉渊,你会去海石三吗?"

谢沉渊过了很久才说:"不知道,没想好。"

"你别是在害怕吧,担心你自己还是顾鹊桥啊?"陆湉这个时候一副老者的姿态,可不得趁机教导一下谢沉渊,"我跟你算是一起长大的,你什么样我应该知道一点,兴致来了管到底,没兴致万事不顾。

所以你有没有想过，只不过是因为顾鹊桥是你找到的，所以你才对她有点儿放不下？"

谢沉渊抿着嘴不答，跟没听见一样。陆湉索性说完："往好了说，现在你喜欢她，她也喜欢你，你们两情相悦。可是你害怕恢复记忆之后的顾鹊桥，或许还记得现在对你的这个感觉，可是一旦记起来完整的人生，这点儿感觉在她漫长的一生里又不过回归大海的一滴水而已了，可有可无了。"

"你到底想说什么？"谢沉渊皱着眉看她。

陆湉摊手："不愿听就不听呗，可我就得说，我觉得你并不是喜欢她，只不过是她刚好出现在那里，足够柔弱足够无助，激发了你的保护欲，所以换成任何一个人这样出现在你面前，都可以，没必要一定是她。"

"这不是喜欢。"陆湉发言完毕用五个字来总结陈词。

谢沉渊看了她许久，忽然笑起来："陆湉，所以你觉得秦封年并不喜欢你，只不过是因为一开始是你，只是为了把这份责任延续下去？"

陆湉心里一顿，她就是这么想的，可是嘴上依旧不甘示弱："说你的事儿呢，你别转移话题。"

谢沉渊笑完了看着天边，瞳孔里倒映着天边最亮的那颗星星。

"不知道，不知道为什么是她，可是就是她了。"他忽然站起来，

"谢谢你关心啊，不过我确实没什么事，甚至还有点儿开心了。毕竟在很久之前就想过这些事情，最坏的结果也想了，结果现在只是未婚夫而，不是结婚生孩子，对我已经够宽容了。"

他说完长腿阔步往前走。

陆湉喊他："你去哪儿？"

谢沉渊摆摆手："男未婚女未嫁，在命运安排好之后的事情之前抓紧时间谈恋爱。"

陆湉愤愤，觉得自己一腔热心瞎操了，以后再以为谢沉渊会伤春怀秋就去死。

谢沉渊回去时，江两意正在绞尽脑汁逗顾鹊桥："顾鹊桥啊，这件事其实没那么糟糕啊，你这么喜欢谢沉渊，难道记起来之前的事儿之后就会不喜欢吗？金块放在哪儿都是金块。"说完又解释了一遍，"我的意思就是你和谢沉渊这段儿就是金子，你以前那些钻石翡翠之类的回忆啊，都比不上这块金子的。"

"江两意你别说了。"顾鹊桥耷拉着头，"而且，撇开相处的这段日子不说，第一眼见到谢沉渊的感觉和刚刚第一眼见到贺东明的感觉完全不一样……"

谢沉渊是归属感，好像很久以前就认识。而贺东明，即使以前真的是亲密的关系，可是见到他的时候，心里下意识想的是恐惧和逃避。

"我知道了！"江两意一个咋呼，"我知道了，你以前肯定对谢沉渊早就爱慕已久了，结果被贺家虏去当童养媳了，心里一直对谢沉渊念念不忘，所以就在订婚之后公然逃婚，这会儿有情人终成眷属，你就遇到真命天子了。"

谢沉渊听完了，敲了敲门，江两意这具"木乃伊"就跟小时候自习课上讲笑话被班主任逮到了一样。

江两意觉得自己冷汗都要浸湿绷带了，谢沉渊却看都没看他，对顾鹊桥说："出来一下。"

顾鹊桥站起来，可以说是迫不及待了。

"去哪儿啊？"顾鹊桥跟在谢沉渊后面半天了才敢小声问。

谢沉渊停下来，等她走上来拉住她的手握在手心里。

顾鹊桥心尖仿佛被羽毛划过一样，红着脸不解地看着谢沉渊。

谢沉渊轻描淡写地笑笑："以后可能就不想牵我了，抓紧时间多牵会儿。"

"啊……"顾鹊桥赶紧握紧了，"我不会。"

"那你心虚什么？"谢沉渊故意逗她，"你上次站我家门口说完喜欢我不等我说话就把我关外面的账我还没算，现在有未婚夫的事还是别人告诉我的？"

"我……"顾鹊桥觉得自己被绕晕了，"谢沉渊，我喜欢你。"

不知道为什么，脑袋里就这么一个想法。

"别讨好我。"谢沉渊说，"账还是要算的。"

"那你打死我吧。"

"不了。"谢沉渊忽然把顾鹊桥拉进怀里，抱着她说，"这个账先记下来，以后再算。"

顾鹊桥愣了一会儿，仅仅一个拥抱，刚刚所有的不安与忐忑全部都不见了，只剩下这一刻的温暖。

"好，以后。"

承诺了以后，就一定会有以后的。谢沉渊声音沉沉："现在我们去拿回你的记忆，好不好？"

顾鹊桥身子一僵，谢沉渊感觉到了，下巴磨蹭着她柔软的头发："不是说了吗，大不了以后你当你的贺太太，我娶我的谢太太。"

"谢沉渊，我想用完整的自己来爱你，可是又怕完整的自己配不上你。"顾鹊桥说，"七襄说，贺家的那些年我过得并不好，所以她才替我拿走了那段记忆，我不知道那些年我有多么糟糕。"

"我以前也挺浑蛋的，如果你很糟糕的话，我们凑一对儿算是为民除害了。"谢沉渊照着江两意以前骂过他的话说，没想到这个时候说出来还挺开心的。他的手渐渐覆上她的脖子。

顾鹊桥只觉得脖子一凉，然后忽然觉得有点儿累，迷糊之间话总是越来越多，絮絮叨叨的，像在做梦："贺东明告诉了我很多，他说他是在我七八岁的时候在战争的废墟里找到我的，然后带我回了贺卓山。和你找到我的时候是一样的。可是我想，如果一开始是你该多好。不是因为遇见了你我就会有不一样的人生，而是因为如果那个时候就是你，那我就能多喜欢你十年了。"

谢沉渊笑起来，连自己都无法想象这个时候自己的表情有多温柔。

"十几年前……"他喃喃道，"那个时候我大概在想会不会遇见你吧。"

遇到一个人，爱上她，想带她回家。

"还有啊，他们说我以前本来就是个将死之人，器官已经全部衰老病变，可是为什么我又活了下来？会不会回到贺家之后又要死了。"

谢沉渊愣了一下，漫不经心地说："不是因为我来了吗？"

"嗯。"顾鹊桥半眯着眼，"所以你可不能走，你走了我就死了。"

"死了也好。"谢沉渊说，"你要是死了，我就娶别人，谁都可以，十个也可以。老了把她们的坟墓葬在你旁边，每一个墓碑上都刻上谢氏之妻，独独没有你。"

"死了你也要欺负我啊。"顾鹊桥的声音越来越小，身体也渐渐没了力气，大概是困了吧。隐隐约约听见谢沉渊的声音，柔情似水——

"那就别死，我这辈子都给你欺负。"

第七章

故事几章，唯梦一场

34. 星屑

藏在众多孤星之中，唯一的海石三。

像是童话里的黑暗森林，整个星球上笼罩着一层淡淡的薄雾，泛着昏暗的颜色。偶尔有野兽的叫声划破天空，惊得一片黑压压的群鸟飞起。

谢沉渊是一个人来的，顾鹊桥本来就没有恢复好，不适合再来宇宙间颠簸。于是就让她暂时昏睡了过去，交给陆湉看着了。

他一路沿着被人踩出的小路往前走，拨开遮天蔽日的树枝，露出隐藏在云雾之间的古老教堂，像是插在地壳里的一把古剑，尖端刺穿云层，猩红的天色宛如即将喷薄的血。

果然如陆湉所说，这个宛如城堡一般的教堂里就只有一个年迈的老婆婆，她坐在教堂外面的花藤秋千上，佝偻着背看着远方，像是在等着谁。

谢沉渊走过去，老婆婆缓缓把目光收回来。即便脸上布满皱纹，眉眼之间依旧能看出来年轻时的绝色，她偏着头，说："欢迎你。"

谢沉渊点头示意，拿出钥匙，说："我想取回一样东西。"

老婆婆从秋千上下来，说："我记得你。"

"我？"谢沉渊不明白。他没有来过这里，应该也没有和这位老婆婆见过面吧，所以什么叫记得？

老婆婆笑了笑，迈着苍老的步伐往里面走："记不起来的也没必要再想起来了，世人都是这么觉得的吧，所以这么多年来已经没有人肯来取回记忆了，所谓钥匙，都被随手丢在了宇宙之间吧，像是一个飘浮的墓碑，是对过去的祭奠。"

谢沉渊跟在她的身后进了教堂，偌大而空旷的屋子，像是一个巨大的图书馆，一层一层的隔间盘旋而上。明明暗暗的空格，藏着不同人的记忆。

谢沉渊不明白，陆湉曾经说过，现在并没有技术能取出人类大脑里的记忆，那么这些记忆又是从哪里来的？

老婆婆似乎看出他在想什么，说："你相信未来有时光机吗？未来的人可以回到现在，现在的人也能到未来。"

这个问题谢沉渊不是没有想过，可是如果有的话，现在身边会有来自未来的人吗？好像从来没有过。

老婆婆笑笑，缓缓说："也许未来是一片乐土，没有人想回到现在。"

她蹒跚着走到旋梯的第七层，取下一个暗红色的盒子，轻轻拍掉了上面的灰，盒子散发着温柔细碎的光。

"你……不是这里的人吧？"谢沉渊不知道自己为什么下意识就问出了这句话，只见她步子顿了一下，他继续问，"如果未来是一片乐土，你为什么要回来？"

"不只是我。"老婆婆走下来，把盒子小心翼翼递到谢沉渊的手里，"你想得没错，来到这里的人，都是来自未来的人，他们把记忆放在这里，甚至忘了自己回到过现在，便能如愿再也不想起。"

"而我……"老婆婆偏着头笑，"因为我要等的人在这里，我在这一年遇见他，失去他，于是每一年都在这里等一个轮回。可是时间太久啦，我老了，也忘了我要等谁。"

谢沉渊接过盒子。

老婆婆往外走，边走边说，絮絮叨叨着温言细语。

"轮回是什么呢？是一个圈，以为走到了头，可是醒悟过来的时候，却不过又是一个开始。似曾相识的开始，亘古不变的结局。人生，都是预定好了的。

"你要走哪条路，爱上哪个人，你以为人生有万千个选择，重来一次你会有不同的结局。可是来来回回一千次，该遇见的永远无可避免。这是命，是人生。"

谢沉渊看着她的背影，仿佛看到了她年轻时的样子。

而手里的盒子，布满了灰尘，压抑而沉重，唯有一点点光，仿佛是与命运的较量。

35. 昼星

谢沉渊回来的时候，顾鹊桥已经醒过来了。看见他手里的东西，她心里忽然涌现出一种排斥的感觉。

江两意大概明白是怎么回事，说："这么阴暗的东西，非要想起来吗？我们身上总有不好的东西，不好的就扔掉啊，为什么一定要留下来？"

谢沉渊将东西放在桌子上。

顾鹊桥已经决定好了，说："因为这样就能证明，不管有没有过去和未来，现在的我就是我。"

顾鹊桥很显然只是为了安慰"两亿王子"而已。江两意嘴上没说，可是心里怎么就有点怪怪的，总觉得恢复记忆对于顾鹊桥来说并不是什么好事情。

他十分闷闷不乐，嘟哝着："其实跟我也没什么关系啊，我过几天得回家了，可得消失上好一段日子，指不定在你醒过来之前我就不见了。"

"你要去哪儿？"这话是陆湉问出来的。

江两意看了她一眼，真够神出鬼没的，回道："去我们星球啊，回家调整一段时间。"只不过是觉得自己实在是太弱了太没出息了，想保护的人保护不了，想要的帅也耍不出来，挺没劲的，所以拜了个师父，得闭关学习一段时间。

陆湉一本书扔过来，说："你们星球？别以为买了个星球户口就把自己当外星人了！"

江两意跳起来躲过了陆湉的投掷："我警告你，你必须对我好点儿，要不我走了你不得把我想死！"

"想死你算清净了！"

顾鹊桥在一旁笑，谢沉渊环着手站在窗边看着她，一不小心对上视线，柔和的阳光在两人之间漫开。

因为我确定，盒子里那一抹肯与命运抗争的光，是你。

外面一阵敲门的声音，一行人抬头看过去，是贺东明。进来的一瞬间意识到大家不约而同的目光，贺东明笑了笑："有什么问题吗？"

自从找到顾鹊桥之后，他基本上每天都会来，不做任何事情，就是单纯陪着顾鹊桥。刚刚的气氛像是骤断的音乐会一般，陆湉觉得没趣，摆摆手："我去试着准备一下手术。"

江两意看了一下这个尴尬的气氛，举手，说："我帮你！"然后跟着跑了出去。

可是没过三秒钟又掉头回来了，趴在门框上朝着谢沉渊招手："出来一下，秦长官找你！"

谢沉渊看了顾鹊桥一眼，示意了一下然后走出去。

谢沉渊从陆湉手里接过电话，没注意到她有什么不一样的表情。

秦封年在那边声音有些急，说："方便过来一下吗？"

谢沉渊看了顾鹊桥一眼，说："不方便。"

那边很明显顿了一下，继续说："不是想知道十几年前的造人工厂和'狐狸'之间有什么关系吗？"

"还有和顾鹊桥的身份。"秦封年说，"阿渊，我不想诱导你觉得什么，有些东西你得自己看，然后自己做判断。"

"我知道了。"谢沉渊挂了电话。

顾鹊桥不知道什么时候跟出来的，远远地站在那里，自始至终都在注意谢沉渊的表情，见他挂了电话，顾鹊桥急忙跑过来，问："怎么了？"

"没事。"谢沉渊笑笑，"我有点儿事得出去一下。"

顾鹊桥顿时觉得心里空了一块："可是……"

"乖，"谢沉渊拍了拍她的头，"我会回来，即便你不在也会。替我看好陆湝和江两意，他们欺负你了告诉我。"

顾鹊桥点点头，目送他离开。

总觉得这个背影，很久很久以前见过，可是很久很久以前等到很久很久以后，都没有等到他回来。

36. 记忆

顾鹊桥是有点儿庆幸的，这漫长的小半生，从头到尾她就喜欢过这么一个人，他叫谢沉渊。

从他把手递给她，说"来，抓紧我"的时候开始。

记忆是从她和七襄在那群死人堆里醒过来的时候开始的，她们都是流落在宇宙间没有身份没有名字的小孩子，被卖给那些人当作研究新型武器的试验品。

平时就关在伸手不见五指的地窖，周围都是被饿死打死的同龄小孩子，腐烂的腥臭味成了习以为常的气味。

她轻轻摇晃着旁边的人，喊："七襄，七襄你醒醒呀。"

七襄慢慢醒过来，问："我们也死了吗？"

顾鹊桥摇头。一道光照进来，刺得眼睛生疼。

头顶井盖被打开，有人扔下两个馒头，刚好砸到顾鹊桥脸上，于是便有争先恐后的手掌抓过来。

这样的日子不知道持续了多久，但是也已经习以为常了。

直到谢沉渊出现的那个时候，依旧是从井口忽然照进来的刺眼的光，她下意识地抱住头躲到一边，可却是不同于往日的混乱。

七襄在她耳边小声说："是不是有人来救我们了？"

以前很多次都这样以为，经历过太多的空欢喜后，小小年纪就对任何事情都提不起兴趣了。

有人在上面说，这里还有两个人！然后她们就看到谢沉渊从洞口跳进来，唯一的光刚好打在他的身上。

不够干净却足够明朗，身上沾上了脏兮兮的尘土和血，脸上已经是少年特有的轮廓。

顾鹊桥偏着头看了他许久，可是他的注意力全部在七襄身上，完全看不见一旁几乎和黑暗融在一起的她。

她听见七襄对他说："我们可以活下来了吗？"

满是阳光味道的少年音，说："嗯，我叫谢沉渊，会保护你们的。"

谢沉渊啊……

　　她小声说：“我叫顾鹊桥。”

　　可是没有人听见，谢沉渊背着七襄爬了上去，那一小段时间里，这个到处都是白骨的地窖就只剩下她一个人。

　　她觉得自己好像要被吃掉了，那些她吃过的死肉，要反过来吞掉她。她眸光淡然，对着腥臭的空气喃喃道：“谢沉渊，我有名字的，我叫顾鹊桥。”

　　谢沉渊在上方伸出手，说：“来，抓紧我，我拉你出来。”

　　顾鹊桥回过神来，愣了好久，说：“好啊。”

　　可是出了地窖，却没有走出人生。

　　顾鹊桥出来之后才知道谢沉渊救的并不是她，而是他们这群人，所以谁都不是特别的。他们被重新分配了星籍和身份，送往了各星球，仿佛那段人吃人的日子不再有过。

　　她也有新的身份，依旧叫顾鹊桥，去了一颗不知名的星球。

　　收养她的人家是一对很好的外星夫妇，可是人微言轻，苟活在世上，那颗星球本来就是黑暗的人吃人的星球，万事都有规矩，顾鹊桥不小心做错了事，便牵连了那对夫妇。

　　她被绑在凳子上，透过血色朦胧的目光看着他们被人活活打死，扔进了异星恶犬之中。

　　她还好，她是活着被扔进去的，凶恶的犬朝着她扑过来。她便知道，要战胜恶毒，只有比他们更加歹毒。

那段日子顾鹊桥已经记不清了，只剩下四分五裂的血肉和猩红的一片，看不清是什么。

后来，那颗星球爆发了战乱，整个星球都被毁了。

她也不知道自己是怎么侥幸活下来的，睡在尸体旁边，拿了他们的衣服取暖，翻找他们残留下来的食物饱肚子。夜深人静的时候，她总觉得自己是不祥之人，每去到一个地方便是尸陈遍野。

她看着自己布满鲜血的手，好像长大了一点儿。

她就是这个时候看到贺西庚的。

和谢沉渊一样大的少年，眉眼冰冷，身份高贵，站在飞行器上睥睨着这里的一切，目光移到她身上的时候，满满的都是鄙夷："死了这么多人，你还活得下去吗？"

顾鹊桥点头，问："你是坏人吗？"

贺西庚笑了一声："你觉得呢？"

"你杀了他们，你是坏人。"顾鹊桥声音喃喃。她从头到尾都看见了，这个少年，目光冰冷地指挥着一支部队进行屠杀，血流成河染红了天色，直到最后一个人倒下的时候，他眼睛里也没有任何怜惜。

贺西庚说："那他们呢？打你虐待你，杀了你所以为的好人，把你当东西一样卖来卖去，做尽了坏事，我为民除害有什么不可以的吗？"

顾鹊桥没说话了，直到他走的时候，她忽然叫住了他。她说："我可以知道你的名字吗？"

"我叫贺西庚。"

"贺西庚。"顾鹊桥重复了一遍，看着他的背影，"求你，带我走。"

"求你，把我带到坏人的那一方去。"顾鹊桥反反复复就说着这么一句话，"求你，把我带到坏人的那一方去。"

五岁的时候被拐卖到异星，关在宛如监狱的星球上做苦力，后来被卖到人造工厂当作试验品，吃人肉活下来，可是依旧没有放弃用善意对待这个世界。

可是，现在她忽然想做坏人了，想站到坏人的那一方去。

要打败恶，只有比他们更恶。

37. 记忆

贺西庚带顾鹊桥回了贺家。

可是那之后贺西庚也没管她，直接把她扔给了自己双胞胎哥哥贺东明。

贺东明跟贺西庚很不一样，他是贺家的长子，需要承受的很多，所以性子打磨得更加成熟稳重，甚至比贺西庚的恶意外漏更要令人战栗几分。

在没日没夜与星球间的事宜打交道的日子里，顾鹊桥的出现无异于是他平淡生活里的一丝涟漪。

她安静乖巧，坐在那里可以坐一天，回过神来的时候会偏着头朝他笑，眼睛澄澈而明亮，喊他"东明哥哥"。

贺东明没来由地心动了。

所以哪怕外人再怎么觉得贺东明是个不择手段运筹帷幄的人，可是对顾鹊桥一直都是温柔体贴善解人意，甚至是有求必应的。

更何况顾鹊桥也足够聪明，乖巧懂事，曲意逢迎。

贺东明的父亲看在眼里，成就了这一段姻缘，对顾鹊桥说："等你长大后，就嫁给东明怎么样？"

顾鹊桥偏着头看着一旁有些不好意思的大男孩儿，眼里没有任何波动地说："好啊。"

贺家在宇宙之间声名显赫，一路走来自然树敌无数。他们不敢动贺东明不敢动贺西庚，如今莫名出来了一个活靶子，自然是争相杀之。

顾鹊桥这个时候才明白，自己的存在不过是贺家为了引蛇出洞的诱饵而已。

很快便有人绑架了顾鹊桥，把她关在漆黑的屋子里，放满了异变的虫，一口一口咬下她身体的肉，逼她交出贺家的秘密。

不过顾鹊桥还好，更加残忍的痛意她都经历过，所以没什么觉得不好受的。对方精致的脸上却是狰狞的恶意，而顾鹊桥脸上没有任何表情，反而是一双猩红的眼睛让对方不寒而栗。

后来贺西庚来得及时，救了她。

他依旧是最开始的那个样子，高高在上。

那些人在他的脚下，他斜睨着眼睛看着顾鹊桥，问："怎么？贺东明对你太好了让你忘了你自己的初衷了吗？"

顾鹊桥摇摇头，从旁边的人手里拿了枪，眼睛眨都没眨，嘭的一声，那是她第一次杀人。没有害怕，没有颤抖，眼里只有自己手臂上腐烂的肉和森森白骨。

可是晕过去之前，她却看见了贺西庚脸上满意的笑意："顾鹊桥，跟着我，你就是我的公主。"

那以后贺西庚开始接受顾鹊桥了。

教她很多她没有接触过的东西，枪支弹药、新型武器、生死搏斗。顾鹊桥从一个被欺负到只会眼睁睁等死的小姑娘变成一个冷酷无情的女杀手。

也许从一开始就注定了，她这一路必然是踩着无数人的尸体走过来的。

她需要的是贺西庚教她怎样心狠手辣、无所牵绊，而贺东明给她的宽容与包容都是她已经不需要的东西。

而后来，大概是几年前的事情吧。

贺东明开始独自接手贺家产业，性情大变。

而贺西庚因为在家族事业上接二连三遭遇滑铁卢，而他背地里做的杀人毁星的事，也被仇家不断地找上门，造成贺家不小的损失。

于是贺东明便将贺西庚派到宇宙间很偏远的一个小星球上去了。

而顾鹊桥去找贺西庚的时候，在那里遇见了七襄。

仿佛已经忘了她一般，七襄看她的眼神不带任何情绪和色彩。原来从人造工厂出来的人，谁都没有逃过一劫。那些被谢沉渊救出来的人又被贺西庚重新聚集在这里，给了他们一个新的身份，叫作改造人。

贺西庚嘴角有掩不住的笑意，抚摸着顾鹊桥的脸，说："他们每个人的身体都被我改造过，只有你是特别的，我舍不得动你。"

　　顾鹊桥记起来了，那便是"狐狸"的雏形，他们奉贺西庚的意思去各星球强行夺取能量石。

　　而顾鹊桥，没有任何犹豫地加入了其中。

　　顾鹊桥觉得，其实记忆到这里就可以了，到了这里就是尽头，接下来的路再怎么走，也不会走到谢沉渊身边了。

　　后来在顾鹊桥跟着贺西庚出任务的时候，遭到了埋伏，一场策划好的大爆炸。她和贺西庚受到爆炸影响，贺西庚长眠不醒，她身体内各器官急速衰老病变，苟活至今。

　　直到三个月前 B244 星的爆炸，顾鹊桥原本在那里安安静静地住了一个星期，像是一个普通人一般，每天吃饭睡觉，静静地等待日出日落。

　　然后故意向中星首脑会泄露了自己的行踪，爆炸开始的时候，她正在煮饭，缭绕的香味像极了记忆里仅存的有关小时候的味道。

　　她轻轻尝了一口，然后看见了自己的身体，四分五裂。

38. 告别

　　顾鹊桥猛地睁开眼，耳边似乎还有残存的爆破声响，震颤着鼓膜久久不能停。

最后，最担心的事还是发生了。

她不是好人，手上沾满了鲜血，与记忆里那双干净修长的手掌完全不同，最终还是与谢沉渊站在了势不两立的两个方向。

这好像已经不是单纯的我爱你就能解决问题了。

她配不上谢沉渊。

顾鹊桥没有动，在床上躺了许久，最后坐起来，眼神冰冷无情地掠过陆湝，然后落在贺东明身上。

贺东明眯了眯眼睛，喊她："小鹊。"

顾鹊桥问："贺西庚呢？"

贺东明顿了一下，说："他醒过来了，在你出事后的第二天。"

他看不懂顾鹊桥的表情，不过可以肯定的一点是，她想起来了自己是谁。

贺东明走过来，说："跟我回家吗？"

顾鹊桥眼神呆滞，愣了好一会儿才缓缓点头。

贺东明心里长长地松了一口气，这种失而复得的得意感在心底慢慢升腾起来，他真想亲眼看看，谢沉渊在看到这一幕的时候会是什么表情。

他转过身，朝着陆湝和江两意说："始终是要谢谢你们对她的照顾，所以补办婚礼的时候，我会亲自招待你们。"

他停顿了一下，余光看着顾鹊桥，说："对了，还有谢沉渊。"

谢沉渊。顾鹊桥脸上依旧没有任何表情。

她站起来，说："走吧。"

江两意咬咬牙，觉得心头塞了一堆土一样难受，哪怕自己跟贺东明也算是哥哥弟弟的交情，可是现在依旧十分不爽。

他慌忙跑上去拦住顾鹊桥："顾鹊桥？"

他认识的顾鹊桥不是这个样子的，逗一下就笑，惹一下就眼红，心思全写在脸上，而不是这样面无表情冷冰冰的。

可是转念一想，那个在危险之中偶尔让他觉得有些不一样的顾鹊桥，不正是眼前这个样子的吗？

江两意有点儿分不清了，仿佛她所熟悉的顾鹊桥只不过一个幻影，如今风一吹什么都没有了。

心里的底气一瞬间全部都不见了，他问："你不等谢沉渊回来吗？"

顾鹊桥依旧没有反应，江两意继续说："可是他说了，他一定会回来，你要等他。"

"不等了。"顾鹊桥语气淡淡，眼睛里没有任何光，"谢沉渊要是问起来，就说我弄错了。"

怎么说？就说你弄错了，大家各走各的路，就当梦一场？

陆湉看着她的背影，怎么能这么轻易地说出谢沉渊的名字，又这么轻易地踩到谢沉渊心里最深的伤疤上？

可是这个孤独而倔强的背影，又像极了曾经的秦封年，所以她没法恨顾鹊桥的。

以　星　辰　为　名

第八章

岁月不息，相思不及

39. 如果

北落师门空间站。

秦封年找出了那一年有关人造工厂的获救者名单。

其中最后一个名字，是顾鹊桥。

谢沉渊看起来并没有什么反应，指腹摩挲着那个名字，顾鹊桥，顾鹊桥，原来那个时候我见过你。

他忽然想起来顾鹊桥说的，如果能早遇见你十年就好了。

早十年又能怎样？

秦封年说："她应该吃了不少苦，最后才去了贺家，总之中间的过程你知道未必好。"

秦封年顿了顿，继续说："贺西庚将那一年人造工厂出来的人又聚集到了一起，建立起'狐狸'这个组织。

　　"顾鹊桥是他最后找到的人，不过很奇怪，他并没有对顾鹊桥进行改造，应该是贺东明的原因。

　　"所以贺东明一开始应该并不知道自己的弟弟就是'狐狸'，后来知道了也没办法，只能由着贺西庚的作为，顺便应对着中星首脑会对贺家的调查。"

　　谢沉渊没心情管贺东明之类的。他靠在墙上，看着外面的银河，说："在此之前呢？她是谁，在哪儿？"

　　秦封年愣了一下，才知道他说的是顾鹊桥。秦封年顿了顿，说："不知道，应该是被宇宙犯罪分子拐卖的小孩子。"

　　既然这样的话，应该没有过过正常的生活吧，那么多的困难与恶意，而那个小姑娘，从始至终都在很努力地活着。所以那装着记忆的盒子才那么阴暗而沉重。

　　谢沉渊喉结微动，长长地叹了一口气，回归到正题，说："贺西庚想要做什么？"

　　"收集能量石，提取其中能量物质。至于具体要用来干什么，我想不过是统治宇宙，获得至高无上的能力，可是中间的过程我不知道。"

　　"那跟顾鹊桥有什么关系？"

　　秦封年不知道该说些什么，犹豫很久还是开口了："阿渊，我觉得贺西庚迟迟不动手，一直等着顾鹊桥，证明顾鹊桥应该是有很大用处的。"

他说："比如说，作为载体。

"可是这个计划，是顾鹊桥自愿的。"

谢沉渊没有说话，秦封年也不知道还能说什么了，空气流转的声音在这个幽闭的空间来来回回。

贺西庚和顾鹊桥的计划就要进行了，而秦封年的时间其实也不多了。他必须尽快解决陆滟身体里的炸弹，至少不让贺西庚威胁到她。

谢沉渊出了北落师门之后就不知道该去哪里了，抬起头看着一颗星星兀自闪耀，顾鹊桥呢？

应该已经记起来以前的事情了吧，应该已经走了吧。

他发动飞行器，心里好像还有点儿侥幸。

谢沉渊赶回家的时候，看见空荡荡的屋子的那一刻一句话也没有问。江两意也走了，应该是回家了，星际警署的工作都停了。

陆滟一个人坐在外面，似乎是等了很久。

两人对视的一瞬间，心照不宣。

抱着一百分的期待回来，可是人家早就抛弃了他视若珍宝的东西，这种感觉陆滟切身体会得不少，所以现在格外惺惺相惜。

"谢沉渊……"

谢沉渊低着头自嘲一笑："陆滟，我觉得我这辈子傻这么一次也挺值的，我不后悔。你也别说了。"

那天之后，陆湉再也没有听到过顾鹊桥的名字。

日子好像回到了曾经，没有江两意，没有顾鹊桥，谢沉渊依旧在宇宙间浪来浪去，偶尔过来落落脚，睡一个觉就继续忙碌。

如此循环往复了许久，陆湉觉得这样也没什么不好。

总会过去的，生活还要继续不是吗？

40. 面对

顾鹊桥回到贺卓山的第一件事便是处置七襄了，似乎是为了算那一次要杀她的账。不管怎样，七襄对她的杀意是真的。

顾鹊桥亲手剜了七襄一只眼睛，然后弄死了七襄，随手扔进了废品回收车里。

贺东明在一旁冷眼相看，虽然不知道七襄是受谁的命令要杀顾鹊桥，可在得知那件事情之后，他就没打算再留七襄了。

任何人，都不可以动顾鹊桥。可是他却忘了，当时B244星球的"狐狸"围剿任务，下达命令的人就是他。

他并不知道顾鹊桥在那里，他只不过是为了洗去贺家和"狐狸"

之间的关系，不让中星首脑会的那群人有迹可循而已。

可是如果再来一次，他宁愿脱离中星首脑会与之为敌，也不愿做任何伤害顾鹊桥的事情。

他已经不想再失去她一次了。

贺东明忽然抱住顾鹊桥，心里满满的感觉要涨出来，说："小鹊，不要再离开我了好不好？"

顾鹊桥下意识地有些排斥，却没有动，说："我要见贺西庚。"

贺东明身体僵了一下，说："好。"

贺西庚等顾鹊桥很久了。

自从几年前的那场爆炸之后，贺西庚便在这个纯白的灵质空间里长眠至今。顾鹊桥没想过他会醒过来。

"欢迎回来，我的公主。"贺西庚阴柔的嘴角微微上翘，朝着顾鹊桥走过来，"这段时间过得好吗？让我看看你还是不是完美的？"

他轻轻一嗅，很好，顾鹊桥身上仇恨和冷漠残忍的味道真的是太让他满意了，所以"狐狸"的计划依旧照行。

最后一颗星球，鹤一星，只要拿走了鹤一星的能量石，他们统治宇宙的任务就成功了！

贺西庚越想越兴奋。

而顾鹊桥，他要把各星球能量石里提取的能量注入顾鹊桥的体内，然后把她变成一个怪物，一个效命于他的怪物！

谁还能阻止他？！

"我的公主！"贺西庚伸手摩挲着她的下巴，慢慢靠近她的耳边，吐息缭绕，"想做坏事，就别让贺东明知道，就让他沉浸在和你婚礼的喜悦之中，然后死去……"

贺西庚要利用顾鹊桥，就算贺东明和贺西庚站在同一条绳索上，贺东明也不会允许他拿顾鹊桥作为试验体的。

所以他只好杀了贺东明，反正，贺家从好几年前，就只剩一个儿子了。

顾鹊桥声音淡淡，说："所以所谓的昏迷不醒只是铺垫？就让大家以为你死了，反正贺东明也只有一个。"

"是的！"贺西庚说，"怎么样，愿意和我一起站在宇宙之上吗？"

顾鹊桥笑了一下："看来你等我许久了。"

"对啊。七襄可真该死，藏了你的记忆，还敢把你送给别人。所以，那个叫作谢沉渊的……也该死！"

"是该死。"顾鹊桥面无表情。

"所以……"贺西庚拉长了语气，"既然你解决了七襄，谢沉渊的话……就交给我吧。"

他实在是兴奋难耐！

41. 治疗

陆湉好不容易觉得消停了点儿，可以专心处理自己身体里炸弹的时候，谢沉渊又给她找事回来了，他把七襄给带回来了。

谢沉渊是在宇宙废品回收站里找到她的。

像是受损的机器人，变成了破铜烂铁被扔在了那里。幸好谢沉渊赶去及时，不然七襄就被扔进了处理器里，被磨成了宇宙间的一粒灰尘。

陆湉看着眼前残败不堪的人，很无奈，说："你说说，这是你第几次路上捡人到我这里了？"

"第二次，"谢沉渊说，"第一次是顾鹊桥。"

没想到久违的顾鹊桥三个字，居然是谢沉渊自己提起来的。她笑笑，其实她和谢沉渊没什么两样，过去的事情就过去了，伤口在那儿好不了就是好不了，不逃避不痊愈，也不是不能想起。

两人在对待一段失败的感情上还真够看得开的。

她耸耸肩，忽然想起什么来，问："你怎么找到七襄的？别是你刚好路过那么巧吧。"

谢沉渊垂眼，十分漫不经心的语气："之前七襄对顾鹊桥起过杀意，现在顾鹊桥回去了自然不会放过她。"

"所以你一直都在监视顾鹊桥，还是七襄？"

"你觉得顾鹊桥会让我见到她？"

明白了，陆湉懂了。

"你可真够痴心的。"

谢沉渊觉得陆湉太无聊了："不说这个，有件事我得先告诉你。"

"什么……"

"七襄不是现在的人。"谢沉渊说这话的时候，完全不考虑陆湉的接受度，就仿佛在说七襄有点儿小感冒一样的语气。

陆湉消化了半天，尽量不说废话："你什么意思啊，她别是来自未来的人吧……"

"所以待会儿治疗的时候，尽量拿出你二十年后能开出的窍，现在开了，适应一下未来的人体构造。"

其实这件事应该是陆湉先知道的，她一开始就提过，"狐狸"在许多方面有领先于他们的科技和作战经验。

而七襄身体里未曾见过的程序构造，也很明显了，只是没有想过，原来未来的人真的会回到现在。

"所以，七襄是他们的军师了？"陆湉忽然明白过来，觉得一切也解释得通了，"既然如此，为什么又这样对她？"

"物尽其用。"谢沉渊说，"目的已经达到了，就没有必要再留下她了。"

陆湉觉得谢沉渊的话也有那么点儿道理。

"所以，我们现在就拉拢她？"

"不是。"谢沉渊忽然正色，"陆湉，我总觉得，是顾鹊桥在向我们传递什么消息，七襄不过是她故意丢出来的讯息。"

"行行行！"陆湉没辙了，"你出去，你站这儿简直扰民，况且我得好久才能弄醒她，所以你总得给我点儿时间吧。"

谢沉渊难得没有反驳，老老实实地出去了。

谢沉渊顺便帮陆湉关了门。

出来的时候，他瞥见桌子上一个红色的信封，可是看过去就后悔了，那是贺东明婚礼的请柬，上面还特地印了名字。

诚邀谢沉渊先生，来参加贺东明与贺氏顾鹊桥婚礼。

谢沉渊随手把请柬扔进了垃圾桶，贺东明觉得这样能刺激到他真的是太幼稚的想法了。

来来去去站着也不是坐着也不是，谢沉渊出去绕了一圈回来电话响了起来，居然是江两意。江两意可没想到这边是他，接通了就开始口出狂言，说："陆甜甜，想我不？"

谢沉渊没说话，江两意就继续说："你收到贺东明的请柬了吧，你去吗？我不想去的，可我们家要社交，就必须让我去，我觉得我们家父王和母后可真难对付。不过其实我还挺想谢沉渊去的，两人那一天之后就没见过面吧，说不定见上一面就干柴烈火旧情复燃了呢。"

谢沉渊听他叽叽喳喳说了一大堆，才缓缓开口："我不去。"

随后便是嘟嘟嘟的忙音，江两意秒尿，直接挂了电话。

过了一会儿，电话又响起来了，江两意老实了许多，说："谢队长，我可想你了。陆滟说你最近茶饭不思的，我一想到你茶饭不思我也没什么食欲。"

"挂了啊。"谢沉渊没心情听他废话。

江两意心想我逗你开心呢，你不给我加好感度居然还挂我电话，可是也只能急忙乖巧，说："等等等等，我有正事要说的。"

"嗯。"

"我见过顾鹊桥了，在那之后。"江两意犹豫着开口，"她来我们这里了。可我看见她，她没看见我，我俩没说话。"

"这是正事？"

"不算吗？"

"待会儿再说。"谢沉渊看陆滟出来，挂了电话，"怎么样？"

陆滟举着手里一张透明的晶片，说："你知道很久很久以前一样新买的玩具或者电子设备，都会在电池槽那里插一个塑料片用来隔电吗？"

"什么意思？"

"不明白也没关系。"这是顾鹊桥以前告诉她的，当时她也不明白，可是现在知道了，"你也看到了，七襄作为改造人，所有的程序都集中在眼睛那一块，可是眼睛被挖了，无异于人类没有心脏。"

"七襄的心脏，其实是一个备用的系统，因为一直被这个晶体隔开，所以就没有被发现。"陆湉沾沾自喜，觉得自己实在是太聪明了。

"现在……"她偏偏头，"现在等她自己身体里的系统开始修复就好了。我觉得七襄这个人太值得研究了，得是促进科学进步的一个标杆。"

42. 设计

七襄醒过来已经是三天后的事情了。

她躺在床上猛地睁开眼，露出右眼黑漆漆的一个洞，像是当年谢沉渊救她们的那口井。

谢沉渊接到陆湉的消息之后立马赶了回来，七襄看了他许久，两人一时之间静默无言，不知道是你问还是我说。

陆湉给谢沉渊倒了一杯水等他喘完气，对七襄说："现在可以说了吧？"

七襄张了张嘴，声音带着重金属的味道，说："谢沉渊。"

"是我。"谢沉渊走到她面前,这才发现她左眼无光,似乎也看不见了。

确定他在这里,七襄终于开口了。

她说:"我是五十年后的顾鹊桥在宇宙捡到的废弃外星机器人,她修复和改造了我,将我送到了现在。"

谢沉渊和陆湉皆是一愣,五十年后的顾鹊桥?

除却巨大的震惊之外,谢沉渊心里有些小小的安慰,原来五十年后她还在。

而七襄却感觉出了他侥幸的想法,说:"谢沉渊,从现在,到五十年后的顾鹊桥,是一个怪物。"

"什么意思?"

"她被贺西庚控制,注入了异星能量,成了贺西庚统治宇宙的一个工具,毫无人性地杀戮和摧毁,她控制不了自己。"

这几个字仿佛魔爪一样攫住了谢沉渊的心脏,秦封年说的那些事和现在七襄说的话有了完美的衔接。

贺西庚从很久以前开始夺取能量石提取异星能量,注入到顾鹊桥的体内,致使她异变,成为他的一个工具。

可是从始至终,都没有人救她吗?

七襄继续说:"顾鹊桥唯一的理智残存,就是把我送回来。我的原形是一个任务型机器人,所以顾鹊桥希望我来到这里,在一切发生之前杀了她。可是在传送的时候程序出了错误，不知道哪里的问题导致主任务的程序被封，甚至连我来自哪里这件事情也忘了。大概因为主仆间的微妙联系，我以为我要保护她。"

"怪不得……"陆湉喃喃，看着谢沉渊的眼睛，漆黑一片。

沉默许久，七襄又说："她和贺西庚出事的那场爆炸其实是她自己设计的，为了阻止贺西庚而同归于尽，那时候我救了她，可是她已经受到辐射影响了。"

"所以贺东明在你体内培养器官是你自己提出来的？"陆湉问。不然以他们现在的医学和科技，不会有这样的行为。

七襄点头："可是她并不知道这一切，一直把我当作很重要的人看。她问我相不相信报应……"

接下来的事情陆湉也知道了，顾鹊桥带着"狐狸"残党去了B244星，被中星首脑会的人一网打尽。

不过有一点陆湉不明白——

"顾鹊桥……是你救出来的？"

七襄摇摇头，目光移到谢沉渊的身上："我救不了她，是谢沉渊。"

谢沉渊？陆湉的目光随着七襄落在谢沉渊的身上，只见他半垂着眼睛，默不作声。

七襄说："三十年前宇宙爆发了一次小规模的战争，起因是当时有一名姓谢的科学家发现了一块再生石。再生石每十年发一次光，受到再生石辐射的灵魂会得到重生，所以许多游荡在宇宙间的灵魂都活了过来。

"各星球和组织对这块石头起了贼心，为了争夺这块石头，宇宙陷入一片混乱，后来那位谢姓科学家亲自毁了那块石头，这件事才得以消停。"

气氛越来越低，七襄的声音也越发空灵："那位谢姓科学家究竟是怎么在这么多人的眼睛下毁了那块石头还安然无恙的呢？照理，难道他不应该早就被杀了？"

陆湉心里开始清晰了，有什么逐渐从迷雾里显露出来。

"因为他的心脏上钳有石头的碎片，他成了不死之身，这跟你是一样的，谢沉渊。"

果然，陆湉终于明白以前那么多次以为他已经被炸死了被杀死了的时候，他又会安然无恙地回来是为什么。

谢沉渊终于说话了，短短的几个字仿佛一声叹息："他叫谢青白，是我爷爷。"

"子弹穿透了他的胸腔又射进了我的身体里，刚好卡在了心脏的位置。"谢沉渊说，"所以我心上现在还有一颗子弹，和一块石头。"

同时也给了他不死之身。

而顾鹊桥之所以能活过来，是因为那一天谢沉渊在那里，他胸腔里微弱的光芒照在顾鹊桥的灵魂上。

"为什么只有她活过来了呢？"陆湉喃喃，可是没有人回答。

陆湉给七襄临时注入的能量已经维持不了多久了，只见她越来越艰难地张了张嘴，说："谢沉渊，我没能杀了顾鹊桥，任务失败。可是这么久了系统自动生成了第二种方案。"

混浊无光的眼睛，看着谢沉渊的方向。

"第二个方案只有一个名字，叫作谢沉渊。"

谢沉渊，只有你能救她了。

说完最后一句话，她像是年久失修的机器一般，渐渐地不运转了："他们最后一个目标是鹤一星。"

"鹤一？"陆湉想起什么来，"谢沉渊，江两意……就是鹤一星……"

43. 姐姐

江两意挂了电话没多久便看见了贺西庚，他大张旗鼓地来拜访江两意的父母，算起来两家在许多事情上都有往来，所以这样的走访并没有什么问题。

有问题的是贺西庚，他说："江先生，我是贺东明。"

贺东明？为什么要冒充贺东明？江两意不明白，他站在窗边，没来得及想清楚，便看见了外面一闪而过的身影，顾鹊桥！

哪怕仅仅是一个模糊的影子，他也不会认错的，原来顾鹊桥这些天一直在他们鹤一星！

江两意心想刚刚跟谢沉渊说正事来着他不理，这会儿一定要跟顾鹊桥聊点儿正事出来去谢沉渊面前显摆显摆，所以完全没有看见贺西庚藏在眼底的阴谋诡计和兴奋难耐。

江两意是靠着微型机器人跟着顾鹊桥的，跟天上飞的鸟没什么差别。这样的话至少没那么容易被发现。

直到顾鹊桥出现在他们星球最大的教堂边的时候，他才兴冲冲地跑出来，像是以前喊过很多次的那样，朝着她跑过去："顾鹊桥！"

毕竟这里可没什么人。

顾鹊桥愣了一下，回过头，眼睛看不出任何起伏。

江两意走近了才后知后觉地有些怯意，这个人好像已经不是由着他喊小鹊妹妹的女孩子了。

江两意揉了揉后脑勺儿，说："好久不见啊，顾鹊桥。"

顾鹊桥没说话，目光从他的身上移到他身后，环视了一圈又回来，才说："这是你家？"

江两意没明白，说："你说这颗星球啊，对啊，你是不是没有忘记啊，我以前跟你讲我妈给我买了个星球王子的户口，就是鹤一星的啊。"

说到这里，江两意还是有点儿开心的，毕竟他和顾鹊桥相处的那段日子也是真实存在过。

江两意趁机说："你为什么要回贺家啊？谢沉渊最近过得可不好了，整天要死要活了无生趣，指不定哪天就思念成疾一蹶不振了，你真的不担心他啊？"

顾鹊桥没什么反应，问："谢沉渊没有告诉你我是谁吗？"

"嗯？"

"你们要捉的'狐狸'，就在这里。"

顾鹊桥的话宛如平地一声雷，江两意张了张嘴，扯着嘴角笑："没关系的，我……会保护你的……"

顾鹊桥眼里有一瞬间的闪烁，最终化为嘴角轻蔑的笑："江两意，我说得不够清楚，还是你没法儿理解我的意思？"

"……"江两意低下头，不是没有想过，只是不愿意相信而已。谢沉渊没有亲口告诉他，他就永远不会怀疑顾鹊桥，可是没想到顾鹊桥会亲手毁了他的信念。

"可是……"江两意也不知道自己想说什么，"可是谢沉渊没有让我防备你……我觉得……"

"江两意。"顾鹊桥打断了他，"这个世界上没有那么多善意的。你永远不会知道像我这样的人，手上沾着多少人的血。"

顾鹊桥说完便继续走，江两意这才反应过来她要去哪里——那个地方，是鹤一星的能量石所在地。

身后一身爆炸的声音响起，顾鹊桥的身影没有一丝的停顿。

江两意回头看了一眼，那漫天的硝烟。犹豫再三，他忽然冲了上去，顾鹊桥不知道他要做什么，手里的暗器已经准备好了的时候，江两意却忽然拉住她，说："顾鹊桥，你不要进去。秦封年已经知道了贺西庚的阴谋，能量石附近设了陷阱，进去只有死路一条，求你不要进去。"

顾鹊桥没有回头，很久她才说："江两意，你有个姐姐吧？"

江两意猛然抬起头，看着她的侧脸。

"她是不是死了？"顾鹊桥声音淡淡，她侧过头看着远处那块冒着硝烟的地方，"是我杀的，当时也没怎么多想，就顺手杀了她。现在那片地方，应该是贺西庚已经对你父母有所动作了，跟我又脱不了干系。所以你觉得你能原谅我？"

手上的力度渐松，江两意放了手。

顾鹊桥笑了一声，毫不犹豫地走进了那个教堂。

秦封年在里面放的是生化武器，无论是人还是机器，进去之后便会被那些飘浮在空气里的微型分子附着，从而吸干身体里的血液再慢慢被腐蚀，是一种极其残忍的手法。

江两意闭上眼睛，尽量不让自己哭出来，再睁开眼时只剩通红的眼眶。他迈开腿，跟了进去。

44. 江歌

顾鹊桥进去的时候立马便有什么堵住呼吸道的感觉，皮肤上开始传来一阵一阵的刺痛。明知道是陷阱，也必须进来，是因为只有她在这里，贺西庚才会毫无防备地来和她一起死。

她无论如何都不想变成一个怪物的。

可是江两意怎么那么傻，她回过头，只见江两意揉了揉眼睛，说："能量石就是整颗星球能量源所在地，所以那附近是唯一安全的区域，去那里的话应该可以熬到谢沉渊来。"

只不过自从"狐狸"在宇宙间有所行动，各星球对能量石都做足了防卫，就连江两意也不知道一路走过去的陷阱有哪些。

不过可以想到前路凶险了。他深呼一口气，走到顾鹊桥的前面，说："你跟着我。"

顾鹊桥没动，问："为什么要进来？"

江两意侧过头，答非所问："我小时候经常和我姐姐一起玩那种闯关游戏，就是一路会遇见很多敌人，然后杀过去过关的那种。她那个时候总是嫌我拖后腿，我过不去的关她就会在前面自杀，然后回来陪我再过一次。

"我当时挺感动的，后来才知道，是因为两个人的游戏，我要是过不了，她也没法儿继续往前走。为此我生了好久的气，觉得我白说她是全世界最好的姐姐了。"

江两意继续往前走，说："可是后来出事的时候，我姐姐把我关在了盒子里，那些人没找到我，所以就姐姐一人被带走了，我活到了现在。我就再没有机会夸她是全世界最好的姐姐了。"

他按下了墙上的机关，一扇石门打开，凌厉的杀气扑面而来。他一步一步朝里面走去，墙上的暗器、藏在阴影里的暗影侍卫朝着他扑过来，他得替顾鹊桥挡住这些魑魅魍魉，所以分身乏术，没机会再说话了。

可是他从未觉得自己这么英勇过。

好像回到了小时候的闯关游戏里面，不过那个时候总是他姐姐在前面，杀敌无数，他跟在后面捡掉落的物品。

而现在，他回过头，一支暗箭停在距离他瞳孔三厘米的地方，顾鹊桥的手鲜血淋漓，握着那支箭，说："对不起。"转身便投入无休止的战斗中。

江两意不知道自己打了多久，眼睛上方好像敷着一层黏腻的血膜，有些睁不开了，身上的疼痛也不知道是从哪里传来的，可是哪里都使不上力气。

顾鹊桥更惨，因为比他厉害，所以一边要保护他一边要对敌，受的伤也就越多。可再怎么不怕死不怕痛，也不过是一个普通的女孩子啊。

顾鹊桥受伤倒地，江两意站起来背着她，就剩那么一点点的距离了啊，触手可及的一扇门，十米的距离，犹如隔着万重山。

他闭上眼，背着奄奄一息的顾鹊桥，拼尽全力朝着那扇门冲过去，哪怕无数的刀子和杀手机器人朝着他扑过来，他也只是想保护好顾鹊桥而已。

打开那扇门的同时，他失去了左腿，能感觉到骨肉分崩离析的那种感觉。

他倒在地上，推着顾鹊桥将她从门缝里塞了进去。

顾鹊桥眼睛睁开一条缝，江两意笑起来，失去意识前用尽全力说了最后一句话："姐姐，你的名字叫江歌。"

姐姐，对不起。

我小时候就说啦，你虽然是姐姐，比我大两岁，可是，我始终是男孩子啊。你说等我长大了，变成成熟的大男孩儿再来帮你教训那些欺负你的人。

其实不用等到长大的。

我觉得我生出来，就是来保护你的。

你来到这个世界上，遇到很多不开心的事，一个人偷偷哭过很多次，我都知道，所以我来了，我来陪着你，给你当出气筒啦。

可是对不起，那个时候没有护住你，你受了那么多委屈、那么多伤我一点儿都不知道。所以，现在说什么也不想让你受伤了。

姐姐，对不起啊。

45. 救他

谢沉渊和陆湉匆匆赶到鹤一星的时候，鹤一星已是一片混乱，江两意也联系不到了。

来的路上，秦封年告诉了谢沉渊。

顾鹊桥在此之前找过他一次，告诉了他贺西庚的下一个目标，所以他们已经在鹤一星做好埋伏。

至于顾鹊桥，她是自愿当诱饵的。

谢沉渊心里一片死气。以前就不说了，现在顾鹊桥想着去死的时候，有没有想过他？

存放能量石的教堂外面，贺西庚背着手站在那里，扬起嘴角，说：

"谢沉渊，你终于来了。"

"他们在哪儿？"

"你说那对姐弟吗？"贺西庚笑。

谢沉渊没留意"姐弟"这两个字，只是没想到江两意居然也在里面。

"怪不得都那么傻。"贺西庚叹气，"顾鹊桥怎么会觉得我会再次上她的当跟她一起送死？那我几年前岂不是白死了？"

谢沉渊没时间跟他废话，朝着教堂走过去。

与贺西庚擦肩而过的时候，贺西庚拦住了他，半扬起嘴角，说："你知道当时秦封年是拿什么跟我做交易让我放了陆湉的吗？"

谢沉渊不想知道，而随后跟上来的陆湉却顿住了脚步，眼睛直直地看着贺西庚。

贺西庚轻笑了一声，摊开手掌，一颗晶亮的菱形水晶飘浮着，正中心是一滴红色的血，散发着诡异的光芒。

"顾鹊桥已经没用了，我当初看中她不过是她的自愿，还有心底的仇恨和戾气，手段和能力也不错，可是这些东西现在都没有了，她也就没用了，我有了更好的人选。鹤一星的能量石我已经取出来了，现在所有能量石都被送到一个地方。你猜猜是哪儿？"

他说完便笑了起来，转瞬消失在这里，只剩下残风卷着硝烟，吹在陆湉和谢沉渊之间。

陆湉觉得脑袋里有什么东西炸开了，她想跑，拼尽全力地朝着那个地方跑过去，可脚下却如同绑了千斤顶一样怎么都挪不动步子。

所谓交易，还有更好的人选？

秦封年三个字在心头冲撞，仿佛能在身体里撞出一个窟窿来，最终只剩下绝望。

教堂门口，一个满身鲜血的人驮着另一个破败不堪的人走出来，她没有力气了，失足跌倒在地，小心翼翼地把驮在背上的人放下来。

谢沉渊冲过去抱住她。

"阿渊……"

"嗯。"

断断续续的语言，一息游离的呼吸。

"贺西庚拿走的能量石，是假的，他暂时……没办法对秦……封年做什么……"

在江两意拼尽全力把她送到能量石旁边的时候，她已受伤严重做不了其他事了，只能用最后的力气偷换了能量石。

"嗯。"谢沉渊仿佛被什么压住了喉咙，说不出任何话来。

顾鹊桥好像也没什么要说的了，闭上眼睛的前一刻，说："救他。"

救江两意。

46. 交易

江两意和顾鹊桥受了重伤,只能在鹤一星先做紧急治疗。

望着昏迷的顾鹊桥,谢沉渊眸光似水,无言道:这一次一定要等我回来,我不回来你也不许走,否则你弟弟江两意我就不救了。

其实他也做不了什么,只能寄所有的希望于陆湉,而他相信陆湉。尽管从刚刚提到秦封年的名字到现在,她就没再说过一句话。

谢沉渊不知道该怎么安慰她,只在离开前说:"陆湉,你为了他可以活下来,他未必想去死。"

陆湉笑了一声,看着谢沉渊渐渐走远。

"不一样的,谢沉渊。"

她看着自己手腕上的红线。

来的时候七襄告诉她,秦封年在她身上镀过一层传导物质,能替她挡下所有的伤痛,所以贺西庚放进她身体里的炸弹,有一部分也被传到了秦封年那里。

她不知道该哭还是该笑,心里无数次撕心裂肺的咆哮之后,像是暴风过境一般平静。

秦封年啊,你既然愿意感受我所有的疼痛,那么心里的呢?你连我的心都不敢承担,凭什么拿走我的痛?

北落师门。

秦封年和贺西庚对峙，他看着贺西庚手里的合成能量晶体，面无表情地说："在此之前，我要确定陆湉身体里的炸弹已经被解除了。"

"当然。"贺西庚说，"等到我事情成了之后，宇宙万物不过我手掌心的事，一个陆湉的命又有何作为？"

"好。"秦封年说。

贺西庚笑笑，将晶体递到秦封年的手里。

忽然，"嘭"的一声。

巨大的冲击力撞到贺西庚的身上，他后退了两步。

拨开眼前的烟雾，便看见了谢沉渊，贺西庚笑了笑，拍了拍身上的灰："来得可真巧。"说完凌厉地看了秦封年一眼。

秦封年，说好的事情，可别后悔了。那样子，仿佛下一刻就会按下开关，让陆湉和奄奄一息的顾鹊桥以及江两意粉身碎骨。

秦封年会意，看了眼手里的晶体，集聚了宇宙间十七颗星辰的能量石，毁掉了无数的生命得到这样一小块的晶体，本身就是一个怪物吧。

谢沉渊回过头看着秦封年，不知道他在想什么："秦封年，陆湉一直在等着你去见她。她要是知道了，这辈子都不会好过了。"

"那就不要知道，知道了也不要记得。"他说着，已经动手了。其实，他们都猜错了，他们以为秦封年是拿自己跟贺西庚做的交易。

其实不是，是谢沉渊。

贺西庚说的更好的人选，是谢沉渊，因为他是不死之身，心上有一块永生石。不死不灭的怪物，永生永世存在于宇宙之间，该是多么完美。

可是……

阿渊，对不起。

一边是陆湉，一边是谢沉渊，秦封年根本没有办法做出选择。如果这块晶体和他一起消失呢？

"秦封年，别做傻事了。"贺西庚忽然看出来秦封年想做什么，"即便你吞下了它，也不过是杀了你取出晶体再来一次的事。对我来说，麻烦是麻烦了点儿，但是对于你和陆湉来说，阴曹地府相见，不失是一件好事。"

"秦封年你想干什么？"谢沉渊察觉到了，想去抢秦封年手里的晶体，可是秦封年也不会让这种东西真的威胁到谢沉渊。

混乱之间，贺西庚比他们更快一步，一个闪影过来，带过一阵疾风，晶体回到了贺西庚的手里，现在主动权在他手里了。他嘴角扬起一抹冷笑，完全没有给他们反应的时间。

眼看着就要把晶体拍进谢沉渊的身体里，秦封年推开了谢沉渊，他觉得有什么东西划开了自己的胸膛，像一团火在体内瞬间燃烧起来，五脏六腑撕裂般地疼痛，一口鲜血喷出来。

秦封年挣扎着，说："阿渊，陆湉……身上有炸弹……阻止……他……"

"你以为来得及？"贺西庚亢奋地冷笑起来。谢沉渊凝眸，不知道什么时候已经来到了他身边。

两人交手，纠缠扭打。

"谢沉渊，已经来不及了，晚了。"贺西庚一边防守一边冷笑，"除非你能这样一直让我空不出手来，又或者让我瞬间死去，不然的话，陆湉身体里的炸弹不过一瞬间的事情。对了，顾鹊桥和她在一起吧，那可好玩儿了，炸弹的威力可不小！哈哈哈哈哈哈！"

身后秦封年跪在地上，一声吼叫，撕心裂肺，连着整个宇宙仿佛都在颤抖。

47. 失去

陆湉从梦中惊醒，出了一身冷汗，没想到自己居然趴在桌子上睡着了。

她走到窗边，已经第三天了吧。

距谢沉渊那天走了之后，已经是第三天了，中星首脑会没有任何消息，只是封了贺卓山，抓了贺东明。

而贺西庚，他们说没有这个人，还说秦封年和谢沉渊出任务去了。

陆湉准备回屋看一下顾鹊桥的，却发现床上没有人。

她心里一沉，找遍了空间站，而顾鹊桥正抱着腿坐在门口，像是睡着了一般，一动也不动。

她松了一口气，走过去问："什么时候醒的？"

顾鹊桥摇头："好像没有睡过，意识里总是有人走来走去。"

陆湉脱了自己外套套在她的身上："有什么不舒服的地方吗？"

顾鹊桥气息很微弱，仿佛下一刻又会睡过去，她问："谢沉渊……说了会回来吧……"

陆湉手顿了一下，点头："嗯，他说了回来一定会回来的。"

不远处忽然响起飞行器降落的声音，顾鹊桥猛地站起来，衣服掉在地上她也顾不着了，可是跑出去不远的脚步又停了下来。

陆湉捡起衣服站起来，看过去，骤然停止的除了顾鹊桥的步子，还有她的心跳，和时间。

是秦封年，居然是秦封年。

陆湉的眼泪一下就涌出来了，有多久没有哭过她已经记不清楚了。

只是这一刻，看见秦封年出现在她面前的这一刻，她忽然就哭了，说不出来话，也做不了任何表情，就连跑到他身边的力气也没有了。

就只能这么站着，哭得像个小孩子，哽咽的声音里还有不清晰的话语，说：秦封年，秦封年……

　　顾鹊桥看着眼前的人，问："谢沉渊呢？"

　　秦封年没有说话，七襄从他身后出来，走到顾鹊桥的身边。

　　顾鹊桥接着问她："谢沉渊呢？"

　　七襄伸手抚上顾鹊桥的脖子，顾鹊桥便在下一刻晕了过去，倒在了她的怀里。

　　她看了眼秦封年，打横抱起顾鹊桥朝着屋子里走去。

　　偌大的地方，只剩下陆湉和秦封年。

　　秦封年终于走过来了，停在陆湉面前，伸手拂去她脸上的泪水，说："怎么还像个小姑娘？"

　　陆湉哭得更凶了，说："秦封年，求你，抱我一下，我怕我在做梦。"

　　秦封年无奈地笑了笑，长臂一伸将陆湉揽进怀里，说："别哭了。"

　　"这不是梦对不对？你出来了，谢沉渊也没有事对不对？一切都过去了是不是……"

　　"是。"

　　陆湉睡了一觉，觉得自己做了一个很长很长的梦，梦里什么都有，有谢沉渊、顾鹊桥、江两意，还有秦封年。

　　醒过来的时候身边只有秦封年，站在窗边。

陆湉看了他好久，想着要怎样才能把这个身影刻进心里。

时间一点一点慢慢地过去，她慢慢清醒，说："秦封年，你来干什么？"

秦封年回过身，说："陆湉，我来看你过得好不好。"

可是来了就后悔了，来了就不想走了。

陆湉低着头，不露出任何表情，问："看完了吗？觉得我过得好吗？"

"大概，没有我的话，要更好一点儿。"秦封年说完，有人敲了敲门。

陆湉抬头看过去，是七襄。

七襄说："可以开始了。"

一瞬间的疑惑，随后是一种窒息的感觉攫住了喉咙，陆湉慌张地看向秦封年："你要做什么？"

"陆湉，"秦封年低着头，"对不起。"

我想你永远未曾遇见过我，便不必爱我，不必牵挂我，也不必知道我有多爱你。所以忘记我，在我忘了你之前忘了我。

陆湉看着七襄手里的东西瞬间就明白了，他要七襄取出她的记忆，记忆里有关秦封年的那一部分。

"秦封年，你凭什么？我要是不愿意的话，你凭什么？！"陆湉尖叫着，她一点一点往后退，直到身体碰上冰冷的墙壁，无路可退，

"你明明都不要我了，凭什么总是擅自替我决定我的事情！你不见我
就算了，你凭什么不准我爱你？"

陆湉咬牙，将手边所有可以拿到的东西朝着秦封年砸去，说："你
走吧，我不要见你了，你走啊。"

秦封年一动不动，只是看着她。

陆湉想跑，用尽了办法，可是她跑不掉。秦封年给她注射了药物，
她没有力气了，倒在秦封年的怀里。

秦封年的样子越来越模糊，她问："你是不是宁愿没有遇到我？"

漫长的沉默，他说："是。"

"秦封年，求求你好不好，我求你，不要……"

陆湉忘了自己说了什么，事实上，所有的事情她都不记得了。

48. 不死

秦封年身体里有一块不完整的晶体，不足以使他立马变成怪物，
可是会发生什么他也说不准。

只知道是不好的事情。

他不希望自己以后做出什么事情，不希望自己变成了怪物还要被

人牵挂，只能在出事之前尽快地结束自己的生命。

所以，陆湉还是不要记得他才好。

他们离开空间站的时候，顾鹊桥再一次追了上来，单薄的身子、苍白的脸色，仿佛随时都会被风吹走。

她问："告诉我，谢沉渊在哪里？"

秦封年侧过头，说："顾鹊桥，阿渊……不会回来了。"

顾鹊桥心里一沉。

秦封年哑了声音："他为了阻止贺西庚引爆炸弹，和贺西庚纠缠了许久，后来被贺西庚引到了一颗垂死的恒星附近。贺西庚计划好了的，恒星崩溃，形成宇宙黑洞，他们……都被吸了进去。"

顾鹊桥觉得自己已经听不到任何声音了，她努力让自己不倒下去，像是在说服自己一样："他会回来，他是不死之身。"

"顾鹊桥，"秦封年回过头来，"不会了。"

"七襄呢？"顾鹊桥想起什么来，"她来自未来，她一定有办法的对不对？"

七襄不知道什么时候走出来的，扶住她。

"顾鹊桥，我没有办法。"

"怎么会没有办法呢……他不会死的……"顾鹊桥喃喃，连自己都不知道自己在说什么。

　　七襄说："在未来，你们本来就没有在一起，从来……就没有在一起过。"

　　一圈一圈的轮回和结束，结局和开始都是一样的。

以　星　辰　为　名

尾声

惟愿如此，别无他求

秦封年和七襄走了之后很久陆湉才醒过来。

顾鹊桥每天过得浑浑噩噩的，甚至不知道陆湉和江两意什么时候在一起了。

江两意装了一条机械腿，跑起来依旧健步如飞，他问："姐，你还等谢沉渊啊。"

顾鹊桥笑："等啊，能等多久等多久，大不了等到自己也记不清自己在等谁了。"

陆湉凑上来，说："我也老觉得我在等什么，可我记不得了，江两意老说我在等着和他结婚，我觉得他糊弄我。他肯定是骗我结婚然后家暴我。"

江两意对上顾鹊桥的眼神，迅速移开目光，朝着陆湉笑："是啊，等不及了。"

陆湉白了他一眼，然后跑了出去。

顾鹊桥看着陆湉撒欢儿的背影，其实秦封年做的也许没错，现在唯一无忧无虑的人就是陆湉了吧？

顾鹊桥问江两意："真的要娶她吗？"

"姐姐，"江两意有点儿失神，"其实我未必不喜欢她，虽然没有到爱的程度，但是我会对她好的。"

"而且……"他犹豫了很久才说，"是秦封年交代我的，好好照顾她。"

顾鹊桥低头笑了一声，揉了揉江两意的脑袋，说："要想清楚啊。"她站起来，却不知道要去哪儿。

陆湉觉得顾鹊桥可真幸福，知道自己要等的，知道自己要做的，不像她，她觉得自己最近越来越傻了，甚至爱上了在海边捡贝壳。

陆湉穿着白色的裙子，草帽被海风掀到地上，她追着去捡，却忽然笑了出来，可真像电视剧呢。

然后弯腰，抬起头，她就看见了一个男人，站在不远处看着她。长得很好看，就是看起来有点儿冷冰冰硬邦邦的样子。

陆湉奇怪，走过去问："你是谁？"

他说："我叫秦封年。"

陆湉想了一会儿："我不认识你。"

他笑了笑："嗯。"

陆湉不明白他为什么还在看自己，忽然想起什么，从口袋里掏出一颗糖，递给他，说："这颗糖给你。我马上要结婚了，给你我的喜糖。"

秦封年接过来，说："嗯。"

陆湉见他没有要走的意思，就想着多聊几句好了，于是问："那你结婚了吗？"

"没有。"

"那你有喜欢的人吗？"

"没有。"

陆湉愣了愣，说："以后会有的。"

"谢谢。"秦封年垂着眼睛。

陆湉不知道说什么了，她往后退了几步："那我先走了啊，再见！"说完她晃着手，然后转过身跑起来。

为什么要跑呢？陆湉不知道，甚至不知道自己为什么在转身那一刻忽然泪流满面。

而秦封年就站在那里看着她的背影，看了很久很久，一直到她不见。多少次朝着他跑来的身影，此刻正穿着嫁衣朝着别人的怀里跑去。

他笑了笑：小姑娘，祝你从今往后，无忧无愁。而我，唯愿如此，别无他求。

陆湉和江两意婚礼当天，新娘跑了。

陆湉说，她好像弄丢了一个人，她要去找他，哪怕他变成了宇宙间的一粒微尘，她也要找到他。

于是，江两意亲自送她走了。

剩下江家鸡飞狗跳，好歹是一个显赫的星球王子的婚礼，却没了主角，满堂宾客乱成一锅粥。

顾鹊桥站在海边吹风，有些想笑。

她想，陆涾都跑了，要是谢沉渊再不回来，她就要去找他了，哪怕去黑洞里面。可是，黑洞里面会有什么呢？

顾鹊桥想了很久。也许会有另外一个世界吧？美好得不成样子，而谢沉渊正在那里等她。

夕阳西下，海面波光粼粼，孤帆远影。

顾鹊桥回过身，一双身影，四目相对，谢沉渊不知道在这里站了多久，仿佛有一生那么久。

顾鹊桥张了张嘴，像是在梦里，发不出声音。远处传来的锣鼓的鸣响又那么真切。

到底是不是梦呢？

她喊："谢沉渊。"

"等了很久吗？"谢沉渊走过来，影子和她重叠在一起。

顾鹊桥点头，又摇头。

谢沉渊笑起来，回头看了一眼人去楼空的婚礼现场："顾鹊桥，要不要考虑跟着我姓？"

"嗯？"海风扬起她的发丝和裙摆，像是被风吹来的精灵。

"跟着我姓谢，谢太太。"

顾鹊桥愣了好久，偏着头笑起来："好啊。"

全文完

番外一

人 生 不 相 见 ， 动 如 参 与 商

　　陆湉遇到秦封年的那一年，她才十七岁。

　　十七岁多好啊，十七岁的女孩儿天不怕地不怕，笑靥如花，说：
"封年哥哥，你让我跟你一起吧。"

　　秦封年独行惯了，谢沉渊是他生命里的第一个意外，这是第二个。
他问："你多大？"

　　"我十七。"

　　"十七岁不该在这里。"秦封年一个字都没有多说，转过身的时
候却被一双小手拉住了，他到现在还记得那时候的感觉。

　　细细的、软软的，没什么力气却紧紧地抓着他。他回头，陆湉的
眼睛明亮而坚定，像是小时候他经常眺望的那一颗星星。

　　"那该在哪里？"陆湉问，"在家吗？"

　　"封年哥哥，我没家了，我是躲在柜子里面看着他们杀掉我的家
人的，那时候我就想，要是我足够厉害，厉害到可以保护他们，就不
会出现这样的事情了。"

陆湉声音细细的，接着说："所以，求你，让我变得和你一样厉害，至少可以保护自己。"

谢沉渊那个时候才十四岁，比陆湉还要小。十四岁的少年眉目间已经刻上了跟秦封年一样的东西，那是陆湉也想拥有的。

谢沉渊在旁边懒懒地笑："未必不行。"

秦封年至少是不会反驳谢沉渊的意思的。

他没有点头说好，也没有摇头，所以陆湉算是加入他们了。可是秦封年并没有因为多了一个女孩子而选择简单一点儿的任务。

秦封年很少过问，只是淡淡地看一眼，大抵是等她知难而退。而谢沉渊偶尔关心一下她，也就是动动嘴皮子，大部分还是嘲讽和捉弄。

陆湉跟着他们没少受伤，可是害怕秦封年赶她走，每次都是忍着不说。

哪怕是觉得自己快要死过去了，也就找个地方躲起来，死了也不会被发现，活着的话，就继续努力地活下去。

不过幸好每次都熬到了第二天的日光。第二天就再爬起来，在河边把自己洗干净，换上干净的衣服，再站到秦封年的面前。

小小的骄傲的眼神，什么都不说却又仿佛说了许多。

秦封年，你少瞧不起我了。

陆湉那个时候还没胆子当着秦封年的面这么说，是在被谢沉渊灌醉之后对着天上的星星乱喊的。

可是回过头的时候秦封年就站在那里，表情认真而温柔，他说："陆湉，我没有瞧不起你。"

陆湉笑起来："那你要记得，一辈子都不能小瞧我。"说完，她侧过身，倒在了秦封年的怀里。

肩胛骨是被冰冷的子弹穿透的疼痛，新伤连着旧伤，陆湉笑："秦封年，你看，我保护了你一次。"

陆湉替秦封年挡下了一颗子弹，秦封年杀了在场的所有人，面无表情、毫不犹豫，一只手小心翼翼地护着陆湉，另一只手残酷无情地扣动扳机。

谢沉渊赶过来的时候，那个地方已经是尸陈遍野。他说："秦封年，你不是说这些人受到制裁就好，没必要赶尽杀绝吗？"

秦封年回过神来，语气淡淡，说："我忘了。"

谢沉渊笑："你是不是年纪到了，陆湉来了之后，你记性越来越不好了？"

陆湉醒过来之后，恍然间才记起来，原来以前每一个躲起来的夜晚，都会有这样一个怀抱的。因为太过冷硬而察觉不到，可是却又无法忽视。

在她躲起来忍着疼偷偷哭，或者是昏迷着等死的时候，他始终站在那里，为她清理伤口，维持着她小小的骄傲和自尊，等着她活下来。

有时候因为伤口感染烧糊涂了还会抱着秦封年哭哭啼啼的，她说："我怕疼。"

秦封年抱着她，揉着她的头，温热的呼吸轻轻地拂过伤口，伴着他低低浅浅的耳语，说："乖，不疼了。"

陆湉就继续告状，说："谢沉渊老是欺负我，见人追着我打他也不帮我……"

秦封年就笑："他是浑蛋。"过了很久，又问，"那你喜欢他吗，喜欢阿渊吗？"

"不喜欢，"明明昏迷着，回答起来却干脆果断，陆湉朝着秦封年的怀里钻了钻，"我不喜欢他。"

那我呢？秦封年没有问出来，便听见她淡淡呓语："秦封年。"

"嗯？"

"我喜欢秦封年。"

陆湉都记起来了。

可是究竟是昏迷时的无意识之举，还是后来真的忘了，已经不重要了。

她从床上下来，笑嘻嘻地站在秦封年面前，说："你接受我了对不对？我可以开始和你并肩作战了对不对？"

秦封年看着眼前的女孩子，好像长高了一点儿，已经到他的下巴

了，脸上还有之前留下的瘀青，眼睛亮晶晶的，和第一次见她少了点
儿什么。

秦封年说不上来是什么，但是他知道，那是他没有保护好的东西。

秦封年反应过来自己在干什么的时候，手已经碰上了她的脸，细
软的触感让他回过神来，准备收回来的时候却被陆湉握住了。

她捉住他的手，贴在自己的脸颊，说："秦封年，我抓住你啦。
既然伸出手来了，我就不会让你再孤独地收回去。"

秦封年承认，那一刻，他动心了。

一直以来死死生生，从未觉得自己是有心的，而那一刻恍然觉得，
啊，原来心一直在那里，连着另一个人的心跳，有力地跳动着。

他笑起来，嘴角微微上扬，说："以后不要站在我前面。"

"站在你旁边对不对？"陆湉笑道，眼睛里依旧是不容置疑的坚
定，"秦封年，如果我站在你后面，就看不见你眼底的心事了。"

她说："以前总是会想家在哪里，现在总是想你在哪里。"

她说："秦封年，如果可以的话，我想先住进你的眼睛里。"

秦封年沉默了很久，才缓缓说："对。"

他说："陆湉，我第一次喜欢一个人，很多地方不知道该怎么做，
但是我会慢慢学，你等我。"

"好。"

他说："我比你大许多，但是你放心，我会努力活很久的。"

"好。"

一向运筹帷幄气势凌人的秦封年，此刻站在她的面前，像个小孩子一样谨慎而笨拙地说着喜欢，她除了好说不出来第二个字。

至于变故秦封年是早就能料到的。

树大招风，一个人强大到可以对抗一颗星球，谁知道他未来会不会因为权力和欲望反咬一口呢？

中星首脑会的人找到他，说得很直接："如果你答应我们的要求，我可以给你想要的一切。"

当然，如果你不愿意的话，你想要的任何东西我们都会想办法摧毁。

而秦封年要什么，全世界都知道。

那个时候陆湉和谢沉渊在一起，被关在了北落师门。

谢沉渊倒是一副无所谓的样子，估计正值青少年叛逆期。陆湉说："谢沉渊，我们逃出去吧。"

谢沉渊瞥了她一眼："你不等他来救你？"

陆湉笑起来，眼睛里都是甜甜的光："不是每一次都会有人来救我啊，他们肯定会拿我们要挟秦封年。我们不能帮他，至少也不能成为他被人要挟的筹码。"

谢沉渊懒懒地站起来，说："我以前一直以为他这样的人一辈子都不会被什么威胁。你可真够厉害的。"

陆湉眨眨眼，揉乱谢沉渊的头发，说："那肯定啊，你以后也会遇到的。"

"不会！"谢沉渊偏过头，狠狠地瞪她。

"你会，"陆湉一副了然于心的样子，"当你看见你的影子在另外一个人的眼睛里的时候。"

"什么意思？"

"谁知道呢。"

陆湉和谢沉渊废了很大的力气才敢冲出去，一路过关斩将，陆湉觉得先前所有的伤都抵不过这一次身上的疼痛。

手腕脱臼，就学着谢沉渊的样子用布条将枪和自己的手紧紧地绑在一起。追捕子弹射进大腿里，就连着肉一起剜出来。头发太碍事就一刀全部割掉。

最后坐上飞行器从北落师门逃出来的时候，陆湉觉得谢沉渊已经没有人样了，自己应该也好不到哪里去吧。

可是这一刻她却无比笃定，是开心的。

她想站在秦封年的面前，告诉他，做你想做的，我已经足够优秀，优秀到可以保护自己，不成为你的负担。

可是真正站到秦封年面前的时候，他却只是抱着她，揉着她狗啃一样的头发，说："怎么弄成这样了？"

陆湉笑："你没有答应他们什么吧？"

秦封年笑着，或许陆湉已经在这短暂的沉默里弄懂了什么，可是依旧过了很久才听他说："陆湉，以后好好照顾自己。"

"那你呢？"陆湉甚至都没有意识到自己用了多大的力气抓着他的手。

秦封年说："我会一直在，依旧会活很久。"

"在哪里？"陆湉咬着牙，眼眶蓄满了泪水，却倔强得不肯落下来，她问，"你说了不会小瞧我的，谁要你牺牲自己来救我了？我自己也可以出来啊，不管他们把我抓到哪里，我总是能回到你身边的，你凭什么不相信我？"

"陆湉。"秦封年想说，逃过了这一次，还有未来无数次，我不能总是看着你伤痕累累出现在我面前啊。可是他说不出来，对着这个小姑娘，他一句重一点儿的话都说不出来。

"秦封年，你是不是觉得我已经失去过一次家了，所以再失去一次就无所谓了？"陆湉说，"秦封年，不一样的，这一次没有什么会让我想要活下去。"

后来是以陆湉的昏迷结束的。

身上的伤太多，靠着一点儿意念坚持到现在已经很不容易了，陆湉被送到了医院，而秦封年的最后一个要求便是一场手术。

在陆湉的所有神经上方覆盖着一层传导物质，能将她所受到的所有伤害和疼痛传递给他。而陆湉可以一生无病无痛。

那个时候这手术的过程本身就需要承受巨大的疼痛，相当于从秦封年身上剥下一层皮，再镀到陆湉的身上。

秦封年全程忍着剧痛，想着之前她躲在荒星或者山洞里的日子，窝在他怀里偷偷地掉眼泪，说好疼啊。

他们问他，为什么？

秦封年半垂着眸，说，她怕疼。

他的小姑娘，她怕疼。

此后岁月绵绵无期，我护她无病无痛，但愿她无忧无虑。

陆湉醒过来的时候，睁着眼睛在床上躺了许久，身上已经一点儿疼痛都感觉不到了，可又能清晰地记得所有发生过的事情。

包括秦封年抛弃了她，折了自己的翅膀被关在一颗星球上。

而为断了她的惦念，她永远不得接近那个地方。

陆湉想，要是跟以前每一次的死后重生一样，什么都不记得了多好啊。

可现实没有那么好。

谢沉渊靠在墙上，目光里带着难得的担忧。

陆湉笑："看什么看？"

"没事了？"

"能有什么事？"

谢沉渊走过来："不出意外的话，你这辈子应该都见不到秦封年了。"

陆湉低着头，肩膀抽搐着，不知道在哭还是在笑。她说："谢沉渊，你怎么嘴这么贱呢？"

可也没什么不好，是现实的话总是要接受的，逃不掉的。谢沉渊做得没错。过了许久，她才抬起头，没掉一滴泪。她目光淡淡地看着天边那颗星星，孤独地、明亮地闪耀在南边的天空里。她说："不见就不见呗。"

人生不相见，动如参与商。

十年了，也不过如此。

以　星　辰　为　名

番外二

懵懂不知摘星事，直到流萤舞成眠

谢沉渊觉得自己的一生，大概是从在星际警署遇见秦封年开始的。

那个时候他十岁，秦封年十八岁，两人成了一对出生入死的搭档。

而有关十岁以前的记忆，是他遗忘的一部分。

谢沉渊出生的时候正值外星人妄图侵占地球，他的父母在战争中遇害，剩下的日子都是跟爷爷一起过的。

谢爷爷是当时地球上很有名的研究外星能量的科学家。因为工作忙，基本上是住在实验室，谢沉渊就跟着谢爷爷在实验室长大。

谢爷爷偶尔得闲了会教他各种东西，武术、射击、驾驶飞船之类的，又或者仅仅是坐下来告诉他一颗星星的名字。

那段日子比起后来的枪林弹雨和满天的硝烟味，总有种不切实际的感觉，像是在做梦。

所以谢沉渊到现在都不知道，那是真实存在的记忆，还是仅仅是自己有关曾经的梦境。

谢爷爷唯一一次带他去外星，是因为工作上的事情，他要和别人谈事情，嘱咐谢沉渊不要乱跑。

可是谢沉渊忍不住，还是跑出去了。小男孩儿，总是有一颗想要探险的心。

那是一颗正在开垦的荒星，无论是空气，还是温度，都不适合人类自由生存，所以谢沉渊没待多久就觉得不对劲了。

温度越来越低，呼吸也越来越困难，最后连回去的路也找不到了，晕在了路上。

谢沉渊觉得自己好像看见了父母，很年轻，很温柔。他们说要带他走，他刚点头，就意外醒来。他睁开眼睛，发现是梦。

他在一个破烂的山洞里，旁边燃着一丛火，外面是黑漆漆的夜。

皎洁的月色照着洞口衣衫破烂的小女孩儿，他揉了揉眼睛，小女孩儿回过头来，脏兮兮的脸，却有着一双无比澄澈的眼睛。

她问："你是地球上来的吗？"

谢沉渊点头。

"那里好看吗？"

谢沉渊又点头。

"他们说我也是地球上来的，可是我不记得了。"

谢沉渊继续点头，不知道要怎么说话。

小女孩儿似乎察觉到了，拿起树枝在地上写字："你能听懂我……"她以为他听不见，又或者以为他不会说话。

谢沉渊抱着膝盖，摇头，说："我会讲话。"

小女孩儿没写完的字停了下来，忽然笑起来，说："那就好，你可以陪我讲讲话了。"

谢沉渊没有应，小女孩儿走过来，递给他一个石头，说："他们说这个地方并不适合地球人生活，所以给我们一块小石头，握在手里就舒服多了。"

谢沉渊接过来，这是能量石，谢爷爷教过他，能量石可以构造出人类所需要的生存环境，所以现在的地球和外星之间才能跟走亲访邻一样。

"那……你不会难受吗？"谢沉渊问。

小姑娘似乎很爱笑，眼睛弯弯的，说："可是你更难受啊。"

"我不要。"谢沉渊将能量石又塞回她手中，站起来走到洞口坐下，看着天上的月亮，然后拿着树枝戳地上的沙子。

小女孩儿大概以为他生气了，跟着出来坐到他旁边。谢沉渊看了她一眼，问："你怎么会在这里？"

小女孩儿偏着头想了一会儿："我不记得了，我好像一开始就在这里的。"

"你刚刚明明说你是地球人，这里才不是地球。"谢沉渊嘟哝着，觉得她是个骗子。

小姑娘很无辜："我也不知道啊。"又说，"那你能跟我讲一讲这里有什么跟地球上是一样的吗？"

谢沉渊十分不乐意地看了一圈，这里连地球上的十万分百万分之一都比不上，只能抬起头说："月亮一样圆，星星一样多。"

"哇……"小女孩儿抱着腿，明亮的眼睛里倒映着夜空里的万千星辰，"这样的话，是不是只要抬头看星星，就可以假装自己是在地球上呢？"

谢沉渊心里有点儿酸，却不知道为什么，问："那你在这里干什么？"

小女孩儿偏头想了一会儿："吃饭，睡觉，看星星。"

"你不用回家的吗？"

"我没有家。"

谢沉渊不知道该说些什么了，远处传来明灭的光，谢沉渊好像听见有人喊他，应该是爷爷吧。

他站起来，拍了拍裤子上的灰，说："我叫谢沉渊，你叫什么名字啊？"

"我？"小姑娘眨了眨眼，"我没有名字。"

"怎么会没有名字呢？每个人都有名字的。"

"每个人都有家，我也没有啊。"她说着，看着慢慢耷拉着头的谢沉渊，她又笑起来，"别难过啊，说不定我是这颗星星上的精灵呢，精灵都是没有家也没有名字。"

　　谢沉渊看着她弯弯的眼睛，像藏了一百万颗星星，就这么相信了她。

　　这是一个藏在宇宙星河之间的小精灵，她有世界上最好看的眼睛。

　　谢沉渊很用力地点头，远处又传来爷爷的呼喊。

　　谢沉渊转身朝着那处光跑过去，走了两步却又停下来，回过头，朝着她大声喊："我爷爷告诉我，宇宙间每颗星星都是有名字的，所以你一定也有。"

　　他抬手指着天空一隅："你看，地球在那里，我也在那里。"

　　小姑娘看过去，银河中一点淡蓝色的光，和他的眼睛一样亮。

　　谢沉渊继续说："爷爷还告诉过我，地球上是有星星的命名权的，等我长大了，我就买下这颗星星，给你一个名字，带你回家。"

　　小姑娘看了他许久，一直到谢沉渊红着脸转身跑开，她才偏着头笑起来，说："好啊，阿渊。"

　　可是直到很久很久以后，她也没有等到那个叫作谢沉渊的人。后来她有了名字，却一直没有机会告诉他，我叫顾鹊桥。

　　你要记得，我叫顾鹊桥，不要忘了我。

　　谢沉渊回到地球之后爷爷便开始带着他四处逃难，他不知道为什么。爷爷对他说："阿渊，要是爷爷不在了你要自己长大。"

　　"怎么会不在呢？"

后来他才知道，很多年前一颗陨石忽然落在地球上，没有人知道那是外星人放在地球上的炸弹还是天体自然运转落下来的陨石，所以不敢有所动作。

后来谢爷爷才发现那是一颗可以死而复生的异星石。每十年发一次光，而这个时候受到光线照射的灵魂可以死而复生。

可这并不是什么好事，它扰乱了地球的秩序，影响了生态平衡，甚至因为争夺它，人类开始自相残杀。

于是谢爷爷带领众人摧毁了那颗石头，维护了地球的秩序。

本以为事情已经结束了，可是现在他们似乎发现了那颗石头残存的部分，所以找到了谢爷爷。

谢爷爷宁死不愿意说出残留的异星石在哪里，于是他们被人报复，枪声响起的那一刻，爷爷护住了谢沉渊，可是子弹也穿过了谢沉渊的身体。

那个时候，谢沉渊才记起来，原来他爷爷很多年前就已经死了。谢爷爷是第一个被那颗石头复活的人。

子弹透过谢爷爷的胸腔穿进谢沉渊的心脏，卡在了那里。

所以在谢沉渊心脏的正中央，始终有一颗子弹，连着一小块石头的碎片。

他没有死，醒过来的时候是秦封年站在他面前，问："要不要和我一起。"

他点点头。

一直到很多年后，已经粉身碎骨的顾鹊桥又完好无损地站在他面前，串起岁月，他才知道什么是命中注定。

而她也终于可以告诉他，我叫顾鹊桥。

脑洞嘛！
谁还没有不是！

看完这个故事，是不是觉得作者脑洞挺大的。
不管你服不服，"脑洞"这两个字发明出来，就是专治不服。
小花作者们的脑洞极限到底在哪里呢？
不如来比一比，看看这几个故事，谁的脑洞更炸裂！

▼

《以星辰之名》

木当当 著

你知道星年 224 年的世界吗？
你听说过改造人和再生人的不同吗？

这是一个关于未来的世界。
丢失记忆的女主，曾经是女杀手，后来是人形大杀器。
捡她回来的男主，其实身怀一颗永生石，是不死之身。
女配奉女主之名，从几十年后回来，杀掉还没进化的女主本人。
命运扑朔迷离，他们说拯救世界的方法就是杀掉女主……
但是，男主并不这么认为啊！

《孤独又璀璨的你》

包子君 著

你以为它是个这样的故事：

霸道总裁爱上平凡的女主，费尽心思地同租一套房，各种卖萌讨女主欢心。

漂亮迷人的闺密出现，竟是上司的前女友，但是真爱最终站在女主这边。

嗯。偶像剧的三角恋狗血剧情，很玛很丽很苏。

脑洞告诉你，它没这么简单：

平凡的女主不平凡，她竟是拯救地球的种子。

霸道总裁不霸道，他来自未来的皇家军校。

漂亮的闺密不简单，她是潜伏在女主身边的卧底。

警告！！！地球即将毁灭，必须牺牲女主，才能拯救地球！

《与他重逢的世界》

姜辜 著

恋爱脑的脑洞日常当然是恋爱！恋爱！！恋爱！！！

爱看漫画的少女难免会期待着从漫画中走出的少年和自己来场甜甜蜜蜜的热恋。

沉迷打游戏的小仙女，你们是不是也想和自己钟爱的角色来一段旷世奇恋呢！

慢热的非典型少女为爱打游戏——

为了离自己暗恋对象许沉言更近一点，她决定了，要和许沉言玩同一款游戏！

而且她要练的就是整个游戏中最难的英雄——尤金。

于是她开始了每天被队友喷的生活，在学习之余也抽了大量的休息时间与电脑作战，终于她糟糕的技术，过分虔诚的态度，让游戏里的尤金，忍无可忍地，跳到了现实生活中……

《远辰落身旁》

八月末 著

你以为这是个过气女星在陨石灾难幸存后，意外得到预知能力，从此要开始逆袭之路的无脑金手指文。

其实我们在探讨平行宇宙最终的起奇点、思考费米悖论下的量子缠结、寻找十一维空间里的暗物质、白洞，以及模拟太阳风穿梭千万光年后呈现在我们面前的第五态……

是不是觉得拆开了每个字都认识，合起来都是什么鬼？

好吧，宇宙到底是什么不重要，重要的是：

哪怕忘记了过去，哪怕看见了混乱未来……

我不离，你不弃，我们跨越时间，让爱继续！

请添加关注"大鱼小花阅读"

微信公众号：xiaohuayuedu2016

新浪微博搜索：大鱼小花阅读

参与我们的话题讨论，有机会免费获得图书

图书在版编目（ＣＩＰ）数据

以星辰之名 / 木当当著 . -- 贵阳：贵州人民出版
社，2018.1（2020.1 重印）
　ISBN 978-7-221-14607-6

Ⅰ . ①以… Ⅱ . ①木… Ⅲ . ①长篇小说－中国－当代
Ⅳ . ① I247.5

中国版本图书馆 CIP 数据核字 (2017) 第 331567 号

以星辰之名

木当当 / 著

出版统筹：陈继光
选题策划：大鱼文化
责任编辑：胡　洋
特约编辑：笙　歌
装帧设计：刘　艳　米　籽
特约绘制：倪　文
出版发行：贵州人民出版社（贵阳市观山湖区会展东路SOHO办公区A座
　　　　　邮编：550081）
印　　刷：三河市华东印刷有限公司
开　　本：880×1230毫米　1/32
字　　数：173千字
印　　张：9.125
版　　次：2018年2月第1版
印　　次：2018年2月第1次印刷
　　　　　2020年1月第2次印刷
书　　号：ISBN 978-7-221-14607-6
定　　价：39.80元

贵州人民出版社微信